溺日一

作者／黃繭

每個溺日，

都不是完全沉溺，

而是相信這些悲傷都只是暫時。

輯

一

沉

溺

輯一

沉溺

共 生

我們都無法確定，究竟何時產生依賴，曾經不會觸碰的，卻逐漸在意起來，就算積極也不能產生任何交集……始終無法確定這些想法是否單純，或是想要透過某種形式獲得安慰，想像他能填補你無法擁有的脆弱，事實上你跟他依舊毫無關係，不過是徘徊前方的背影，逕自躲在影子之下。

你熱衷觀望對方喜好的日子，
深信這麼做，就是跟他一起活著。

你該曉得所有漫長等待，永遠不會是愛，只會是一輩子的匱乏。

疏　遠

對於缺點，其實比誰都清楚，拖延好久，沿路扶持卻沒能真心擁抱彼此都瞭解的事情；曾經是全心全意付出，也試圖抵抗有朝一日走向分裂，可是最後還是選擇放棄，沒有耐心做出不讓對方傷心的事情。

懷念著最初是因為懂得彼此軟弱，才能夠走到今天的嗎？

可是啊，突然間就變得疏遠，好像是從爭執開始的，長時間累積許多不快樂，甚至連道別也沒辦法好好說。想說的話已經不能再說，無力追究因果對錯，只能隨著時間等瘡疤淡去，永遠都不知道，或許某天還是會因為訊息、一通電話，懷念起最初的我們究竟是什麼樣子。

生命有那麼多種關係變得荒蕪，卻沒有誰可以真的挽留誰；又或者停下腳步的人，並非心甘情願。有時寧願閉上雙眼就假裝遺忘也沒關係，曾經視為在乎的人，是想攀談就可以隨口說出的那種，最後終於明白，抽空留給一個人的時光太少，最後就再也沒有人願意主動說出：「你好嗎？」

你知道有時如何費盡心思，也不可能要一個不夠在乎的人看重自己。

分 心 的 人

階段性疏離了關係，愛被完整剝奪，層層疊疊相處裡頭，快樂不該委曲求全拼湊。愛情講究太多情節美好，又根本不曾存在；想像過幸福是理所當然，甚至以為永遠不會變動，直到他們說：你們看來很好很穩定，從沒想過會分離。

有時候多麼羨慕客觀的人說出來的話，聽起來都好合理，事實上只有當局者才知道每個時刻多讓人窒息，不責怪也無從責怪，因為沒有人可以用自由的名義綁著另一個人，當他駕著我對他的愛情，駛進了另一個人的生活，我就知道故事已經被埋葬。

他選擇了新的愛人，我變成了他不愛的人，
我努力諒解著，但他卻從不曉得我的這份慷慨，買來多麼不易。

來去

會不會在分開以後，當你想起對我說過的話，會有點愧疚？

眼睜睜看著失去發生，理解你的改變不是突如其來，還來不及做好準備，放手讓彼此的愛慢慢流失，社群軟體、共用播放程式，當你刪去了指紋設定，不再讓我擁抱、不再借我慣用圍巾，沒有勇氣正視會傷害我的叨擾。

當她走入你的心扉，緊握她寫給你的字跡，我卻僅剩頻頻顫抖。

或許是真的不知道，又或者都在裝傻，如果一個人真要改變，能夠挽留的，也僅是兩人之間的生活瓶頸。我始終有自己的課題，如同你有寂寞要抵抗，相愛總有太多不確定，足以翻覆到把我們淹沒。

倘若改變是為了靠近幸福，那我又有什麼立場挽留呢？你說我變壞了，看著螢幕顯現幾個字的當下，我已不再激烈掙扎，如果眼淚不能撼動一個人的不捨，那麼我也曉得，你已放棄為我做任何前進了。

改變終究是心甘情願，而不是單方奢望的，對嗎？
凝視著一張越來越陌生的臉孔，卻痛苦到我再也問不出任何一個字。

停　滯

回憶本身無法避免傷害，偶爾想起，還是渴望能回到當下的遍體
鱗傷，或許那已經是唯一可以擁有那個人的時光，任憑誰也替代不了的
佔有對方。每一次想回到過去的時候，情緒不免讓人悲從中來，房間
掛滿了熟悉的合照，卻連一張都收不起來，假裝什麼都沒有了，但其實
什麼都好好記在心裡。

以為自己走了好遠，轉身才發現一步也沒走。

怪　癖

你曉得我那奇怪的潔癖，對於手的，對於口水的。搬家以後，買了無印良品的洗手乳補充包，但我把它裝進黃色小鴨的罐子。對面開了座新的影城，此後只要走五分鐘就可以抵達目的地。我可以買很多很多洗手乳，用來洗掉每一天的想念。

生活在小房子的我們，用的都是同種東西，知道我喜歡什麼潤髮乳，慣用的眉筆，喜歡跟你一樣穿得全身黑，以前總覺得穿衣服很困難，認識你以後發現只要穿成這樣，就不用煩惱明天應該穿什麼。我在想每次跟你接吻的時候，為什麼討厭濕濕的感覺，潛意識的我可能不喜歡被入侵，但我知道你很乾淨，就像我那時候非常愛你那樣，宇宙獨一無二被放入心臟的人，我猜以後再也不會這麼奮不顧身去愛人了，因為我曾經以為你永遠都不會離開，所以很用力地成為自己。

對不起，變成了這麼不討喜的人，讓你不愛了。

那些沒有受過傷的愛，是全心全意；受過傷的愛，是小心翼翼。謝謝你讓我變成了後者，於是被稱呼的名詞，再也不是「她是我女友」了。

終於變成對方的青春裡頭，最不想成為的名詞。

單　戀

喜歡上一個不能喜歡的人，連道聲晚安都顯得多餘，默默計算著兩人說話的次數、交換訊息的頻率，躲不過凌晨時分還會偷偷想念什麼，倘若喜歡上一個人，能夠替自己有所篩選，那麼就不會輕易感到受傷。她說能夠在墜入前就先把關係釐清，清楚自己能擁有的，卻不能愛上什麼。一心執著於占星，卻想盡辦法逃避，雖然不能將全世界分成十二種人，但是這麼做，可以比較容易死心。

只是無論運勢怎麼說，說了好多關於喜歡跟不喜歡的線索，卻沒能知難而退，心裡知道在意就是在意，也曉得假裝陌生，卻還眷戀對方的日常，不公平的是，對方的喜怒哀樂始終都跟自己沒有關係，立場從來都不平等，想念表露無遺。

慢慢愛上一個人很好，慢慢等待也很好，但什麼都找不到的未來，靈魂就無處可去，或許可以把生活留給自己，學著不再忐忑，有時連交集都沒有所謂命定，輾轉難眠的想念，盼望總有一天等待的情感消耗殆盡。

所以不要期待、不要偏執能夠回收多少，青春是沒有分秒的鐘，無法計算刻痕，沒有人能預知最後我們可以喜歡一個人多久，比起賭氣，不如說我們應該理解的，都是一場自由心證，哪怕在意可以讓我們變得多渺小。

單戀是知道喜歡上一個人，願意與對方並肩同行才是最重要的。

逃　避

不甘心居多，還是怨懟居多，猜疑過他的心態也想變成他，日子
後來已經找不到答案，知道他還是一樣，無趣得讓人在意他的
本質，相信他是那樣平凡的人，也就把所有安全感交付給他，可是
那不相同，答案與問題產生的結果背道而馳。

他把所有問題丟給時間，把溝通吃掉、把懦弱藏起，把所有看
不到的問題都關進心臟，叫人傾聽他的愛是否變得稀薄，但現實
看不清楚，因為找不到他想要的溫柔。

我們互相逃避，任憑關係顛沛流離，我們頓失所依，故事的最後
已經連「我們」都弄丟了，他已經不需要我了，他終於學會逃避。

無 能

一連串悲哀發生，無論妳的我的，名為孤獨的傷害早已滿溢整個青春。一切變得灰暗不明，晦澀、孤獨碰撞。想起當時遇見她，或被救贖之前，沒想過能在誰的懷裡獲得安穩，恆心是碎裂的，就好像相互吸引的人，本該如此。

我們是太過相似所以纏繞一起嗎？還是別無選擇只好湊合？

無數拆穿生活的方式，毀壞的是依賴還是不安，難以界定，撕心裂肺的背叛，妳一如往常看著我的面容說著日常的話，比起問候，更加厭惡自己沒有勇氣逃開，又或者根本沒想過要離開，甚至拼命說服自己相信，這麼做就能不分離了吧？

我們的內心縱然理解愛的本質，卻無法抹除悲哀，看著妳的溫柔所剩無幾，明白自己是被丟下的人，所以變得無能。原來無能是妳替我茁壯的，與他人無關。

只能站在妳身後揣測一切發生，感覺就快要失去自己。

善 良

只要呼吸著，就無法免除被傷害的可能，
唯一能做的是約束自己不去傷害他人。

一段關係，因為喜歡所以挽留，因為不捨所以隱忍，一次次延遲
推託，最後只會把兩顆相好的心弄得支離破碎，茫茫人海如此廣
闊，遇見不是偶然，相似且善良的人這輩子只能擁有一個嗎？如
果這個人真的心存善良，怎麼願意優柔寡斷傷害你？

你說，等待一個再如何善良的人，最後也無法換來與他一輩子。

更 送

相遇之時濃烈的互相需要，變成了不聞不問也沒關係的日常，多少
愛人出入彼此生活的那道門，最後關上走得遙遠，陌生總是這樣的，
如此不被挽留地賴著時光淡然。

已經不會特別說出口不能愛了，或者就這樣靜置直至腐爛，這其實
說不上悲哀，而是有些相處就是這樣的，是可以很冷靜地佇立
在另一個方向看著「我們」的建構逐漸崩塌，是你知道多快樂，
也還是要讓永遠成為一場最模糊的餞別。

當離散不再有所掙扎，只因一切已往失去的景色慢慢變化。

無盡

第二十一天，已經記不得現在是什麼樣的狀態了。

就好像大雨滂沱的日子沒有方法澆熄悲傷，只能任憑眼淚傾盆而下，有時睜開雙眼凝視死白的天花板，所有無法被窗簾阻擋的光線折射了又刺眼，知道那時的自己比較脆弱，也曉得沒有方式能捨棄疼痛帶來的憂傷；有時沒有勇氣阻止回憶翻騰，歇斯底里泣不成聲，只能讓過程反覆循環。

伴隨釋放，頻繁到偶陣，一個月、兩個月，越拖越長。

那些分離如我一般撕裂的愛人們，好像更能靠近受傷的局部，書寫時候，不再執著受害者是誰，畢竟結束沒有最好詮釋，只能接受、再接受，直到不再抵抗。

妳該要曉得的，復原哪有期限可言，不特意限制時光，或者假裝遺忘，要理解過去換來的每吋回憶都是如此真實，當下的愛沒有盡頭，妳愛她，而她不愛妳，都成為了真相，如此一來，當選擇變成了情節，化作永恆，就沒有所謂限度。

找不到量詞形容分離的哀傷，或許已經長在身上了，直到不小心被其他記憶覆蓋為止，我們都該知道忘掉的痛苦，向來永無止盡。

惡　意

獲得接納之前的幸福，身而為人，我們一直在互相傷害。

世界上最可怕的並非憑空捏造，而是明知道會折磨他人，卻還是想這麼做的惡意，比起自私的情緒，感到後悔的，仍是無法笑著原諒的錯誤。那些不易得來的擁有，淹沒了好多想說的話，最終變成永遠都說不出口的哽咽。人們其實可以阻止惡意變得猖狂，卻還是無法拋棄到最後變得醜陋的意志。

曾經是可以成為一個好人，卻還是不小心走向最壞的那一步。

能 不 能 再 說 話

爭執無數次，問題仍舊不斷重演，迂迴太多不自覺相信這是相處本質，一切都與溝通無關，時間慨嘆著我們都還年輕，終究沒能搞懂湊近的緣分是如何珍貴，我們怎麼會為了自身的固執原則，選擇這輩子不再攀談。

或許吧，原則是自己的，可以任其定義。

不能要求愛人活在框架之間，總在爭執傷痕累累以後，才認清不夠溫柔的事實，接受原則變得不再是原則，成為了最壓抑的緘默。我們心存善良守護為對方著想的那顆心，卻在情緒梳理不夠完整之下，變得不再只是為雙方好。

一旦說出真心話，踐踏了善良本意，這麼一來已不能全身而退，是成為賭氣傷人，也成為破壞關係的人，是來自短暫解脫，卻導致雙方崩離，我們都知道吵架過後會深感懊悔，卻對關係走向裂痕無動於衷，有時欺騙自己再去認識更多不相關的人們，佯裝世界很大，心裡卻充滿不安，彷彿擁有過多缺點，關係碎裂後再也無法回望。

你知道身體住著太多寂寞，卻也無法把身上的刺拔除，
後來也只能感激那些還留在身旁的，沒有方法。

因為這個人，已經再也看不到你更多的好。

愛 與 喜 歡

他可以對很多人說喜歡，不過那些喜歡裡頭，永遠都不會有他最愛的人。

尤其是感受過愛的人，才明白「在一起」的承諾不過是一場浩劫，誰都沒能把握最後歸屬何處，如同被擁抱調侃、被誓言洗禮，再愧疚說著不能夠一起的悲哀，所有分心的表象，能說是完全清白嗎？幾乎把心動想像得太過純粹了。

當面對著一個人，再也找不到理由說不愛的時候，
喜歡就變成了很靦腆的替代詞。

淪 落

你有沒有經歷過那種「喜歡的人正在愛著另一個人」的挫敗感？

啜泣幾個夜晚，開始懂得接納不對等差異，知道他愛的人並不在這裡，又或者追逐同時，所有體貼在他看來不過雲淡風輕。最初我們就該弄懂，渴望的從來不一樣，他追求的是不甘寂寞與新鮮感，而我在他身上迫切得到的是愛情。

我們永遠無法站在同個觀點凝視彼此，最後只能換取同情。
他一如往常專情對著最愛的人說：「我想你了。」

不過，那個人剛好不是我。

破 碎

是不是有好多的話想說，想對自己說、想對別人說，想對整個世界說。

那天匆匆交換聯絡方式，躲在視窗說著不著邊際的話，以為這麼做能排解孤獨，以為不去在意就可以保持理性，不知道為什麼，時間沉澱之下，這份在乎逐漸制約，如同習慣是二十一天養成，人們在訊息傳遞的過程，莫名產生依戀。

我們以為這是愛情，但其實人們不知道自己究竟在追求什麼。

是不是太過靠近，所以忘記做出保持距離的舉動，文字是寂寞的催化劑，同個場合、同個狀態，若有似無相繫，最初不瞭解孤獨的人最後會吸引到什麼，心裡的局部若長成黑色，那麼最後也會找到同樣顏色的人。

沒有把孤獨攤開面對的勇氣，無論如何都還是一樣，我們永遠只能遇見跟自己相似的人，無法確定結果是好是壞，唯一相信的是，如果沒有承接迷惘的能力，又或者無法將自己安放，那麼不管怎麼付出犧牲，都只會傷害對方，傷害自己。

如果愛的起點來自寂寞，那麼沒有人能在這份關係獲得快樂，或許對方一直以來也與自己同等孤獨，相互擁抱過後，剩下的殘骸無法回收，我們應該知道，人有很大部分的傷害其實是自找的，之所以無法坦然面對，是因為沒有人願意承認孤獨。

最糟糕的是，活在孤獨的人，從不知道自己身處破碎。

三 角 函 數

函 數 一

你後來也不打算傳更多訊息，因為你知道這是太過難以啟齒的喜歡，或許早就察覺到這份關係的錯誤，也曉得對於你所面對的那些，我是過分艱澀的問題，如果能夠不要遇見，或者可以專心成為你的，那麼我也可以不惜犧牲一切，來到你的身邊。

函 數 二

厭倦了日常她帶給我的冷漠，卻還是想從誰的身上找一點餘溫，後來她出現了，後來也不知道怎麼緘默，我是真的需要她，但也無法抹除被她吸引的事實。雖然我不知道怎麼選擇才是正確，但我曾經想過只要停止作為，就再也不會傷害誰。

只是不知道為什麼心裡想的是另一個人，哪怕她就在身旁。

函 數 三

找到了他不愛的痕跡，卻也沒有辦法看著他的面容，說不愛了。流淚的
日子還在持續消磨殆盡，但他不會了解到背叛一個愛著他的人是多
殘忍的選項，心裡曉得，我們被日常磨損成沒有關係的愛人，卻
想不起當初是怎麼走在一起的。

我愛他的時候，是在他最愛我的時候，但是他現在愛上了另一個
她，我終於瞭解為什麼後來的我也不愛他了，因為我們持續相愛的
時候，他也正在慢慢改變，而他的改變，最後也讓我變成了一個不能
愛他的人。

推算結果：我愛他，但他愛上她，而她愛他，所以我不能愛他了。

視　線

滑著螢幕，可以知道巴黎天氣如何，愛爾蘭的婚姻平權通過，日本的
夏季慶典，你跟她同樣的更新，好多好多，看到喜歡就收藏起來，不
喜歡的就默默吞入胃裡讓嫉妒發酵，藉由讀著誰的詩，一切都壓抑得
讓人失去感覺。

最壞的習慣是看著你追蹤的東西，當你讀了什麼，就跟著你複習
什麼，那些隨著痕跡無法透露的事，是日日消化你所點選的事情，
你跟她一樣都很好，只是不曉得另一個人從來都不好，沒有訊息的
更新日期顯示最上方，能解讀的東西僅剩想像。

還有很多話題想去尋找，還有很多方式拆解；還有很多，慢慢避開
所有情緒情節；還有很多話想說卻不能說，只能以一生漫長的等待
交換他的視線。

有些等待，心痛久了還是會疲憊。

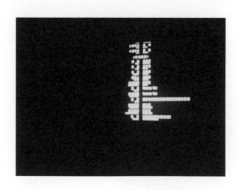

45

陌 生 人

我有你的聯絡方式，可是不能夠撥出，你有我的聯絡方式，可是不會接通。

沒有人成為最先開始說話的那個人，那麼就無法產生交集，可以看著不斷更新的動態，但就是什麼都無法回應。

擁有說話的可能性，但什麼都不做的話，說穿了其實也跟陌生人一樣。

嫌　惡

抱怨的話，說出來可以被吃掉嗎？

沒有人能躲避生活，也沒有辦法拒絕不要。始終覺得這些擔當太過吃重，後來也慢慢不說了，站在旁觀立場，看著別人墜入快樂，同時提醒自己最後不要變成那樣。

口口聲聲說著好累啊、好辛苦啊，如此嘲諷，說著說著，總有一天會成為別人心裡的累贅，那些讓人感到疲倦的並不是身軀帶來的勞累，而是說出這些話的同時，最後堆疊難以負荷的抱怨。有些人挽著傷口與他人比較，不如說懂得把煩惱淡化的人才是真的懂事，如果什麼都不嘗試，就只是停在原地等待獲救，那麼最後我們也只能與那些無法改變的規則共度餘生了。

一個抱怨的人，跟一個不抱怨的人，你想留下哪一個人在身旁呢？

可 以 說 是 一 種 在 意 嗎

你問我答的這種交換，聽起來是最膚淺的認識，不喜歡被動狀態，
因為我知道這些舉動不過是「我了解你，可是你卻一點都沒有想要
了解我」的證明，你不是愛人，我也不是陌生人，不需要刻意回問。
如果只能扮演這個角色，那麼維持原狀也可以。

並不想拆解你當初美好的生活方式，因為我知道我不能。

已經是疲於追逐，也不想破壞，想完成的事情還有好多，我們哪有
時間裝傻，只能將錯就錯，把所有感受關起來，最好是隨著四季疏遠
之後，就不會再有錯覺，最好是不說話不見面不要感覺負擔，就能
慢慢無關（反正說話的份量不過幾天）而已。

可以看著你點誰的讚，就是不能再看你的限時動態，就像你也不看
我的了，是很幼稚的決定，可是不被愛的人就是這麼幼稚，就像我們
都極其用力逃避曾經好奇的事。

流 失

你們都看過彼此真心，只是現實已經陌生，像是長出一塊沒有良心的地方，孤獨佇立在城市一隅，等待再次被誰擁抱，你們可能就這樣不再交談各自漫步一生，也可能帶著想念與回憶努力變得更為成熟，不曉得什麼時候還會好好的，傷口終將平復。

現實磨合的因素懷有太多，只能一件件拆解它，終究不會有人告訴你，答案究竟在哪裡，但無論記得或是忘記，都無法完整抽離，一切回憶都在依賴生活，又或許時間只負責模糊，想念也好、眷戀也好，都已經把當時的自己交付出去。

好的壞的，殆盡的，都將從指縫間流失而去。

輯二　浮木

平凡

並不討厭，每次說喜歡的時候，多半是來自不安，戀愛的時候，不會希望這個人的生活還有多餘留白，想傾注時間，想濃縮一起，想把自己完完全全地融進另一個人的寂寞，那些只看見你，或者只希望你看見我的願望，是真的沒有猶豫。

僅僅需要一只懶骨頭沙發，買很多包洋芋片、幾瓶可樂汽水，只要打開電視播著已下檔的電影，黑暗裡有吵雜聲，躺在相對的地方讓螢幕照亮。可以像熱戀一樣親暱，可以因熟悉變得慵懶，幸福是最簡單的極其困難，最困難的極其簡單。

你知道有一個人能讓你相信、讓你依賴，眼裡看見什麼都會發亮。原來最平凡的日常生活，是不必追求承諾的強度，但要很多很多成長，那些沒有共同目標的未來是最孤寂的事，所以什麼都不強求，只要他也跟你一樣「不輕易放棄」，都好。

制　約

我們可不可以，陪彼此走一段看似長遠但其實短暫的路，讓我們相信對方就是絕無僅有，我們可以醒來時說聲早安，睡前道聲晚安，如果你相信這些循環終不會膩、不會覺得現在不夠親密，不會覺得那究竟不是我們所望，如果，愛是可以輕易被操作的事物，我們一定不會發現那其實是寂寞的替代品。

你知道曖昧其實是會昇華的嗎，拉遠距離以後，才發現那只是想像，誰也不曉得曖昧的模樣，除非經得起時間淬煉，不怕憑空蒸發，有時候我也想確定，確定這是不是喜歡，如果這是真的，如果你就是那個選擇，那為什麼我們會迷惘，假設你也只是想找個人來愛，那麼請不要輕易走進一個人的世界，因為我們連讓對方回到原本日常的能力都沒有，所以不要輕易地對一個人說：早安晚安。

最 難 的 限 定

張雪泡的攝影集。

如果，世上只能有一千個人擁有這本書，那麼剛剛好，她的手上
也有那麼一本。

最初執意追逐對方，學著不自怨自艾。如果她沒有丟掉，如果她
能在翻閱時候想起我一點點，即使這本書已經成為了她的過去，
卻沒有真的成為過去，至少我會記得，就算她已經徹底忘記了我。

明明知道，忘記不是一個人就能決定的事情，只要存有一方，
回憶就能得以延續。

承 諾

喜歡聽他說一些簡單的快樂，如同我知道，所有快樂都不是無中生有，能當作某種程度的喜悅，卻也存在傷害必須，知道快樂與毀滅是共存的，而他也誠實告訴我，或許有一天會離開這裡，想要努力追逐自己的夢想，曾經他也害怕現有的關係會不會就此瓦解，直到遇見對方之後，心就變得堅強了。

他知道一個人的好與不好，不能用陪伴多寡來定義，而是在有限的時光，能否給予對方真正需要的東西，那或許不是等待，更不是沒有對方就變得軟弱無能，他不需要另一個人無盡的期盼，而是懷抱這些愛，走到夢想的里程碑。

他相信，當一切都沒有恐懼，愛才能繼續。

口頭的約定，只適合留給不安的人，但也有可能真正的愛是早已存在了承諾，卻看不見的那種。

趨　近

時光流逝，以為若無其事，以為能夠好好生活。

睡前如同往常瀏覽手機，滑啊滑的，頓時感覺一陣鼻酸，幾乎接納背後餘溫已不存在的事實，愛人像蒸發一樣，傷害沒有預警，好不容易結痂的傷口，總在深夜人靜感覺隱隱作痛，或許一心想折騰自己吧，總想辦法熬到最後一刻才入睡。

潛意識傷害的行為是不由自主，雖然再也沒人能夠替你心疼了。如果真能有一個依賴的人，那個人也不再為自己轉身，那個已經傷害了你、放棄了你，把你的痛苦當作視而不見的人，已經不再是愛人，而是給不了愛的陌生人。

回憶終究很近，近到能輕易把快樂淹沒，近到可以把想念給燃燒殆盡，又或者輕易喚醒，人們無法告訴自己，究竟什麼時候可以盡快離開，只能隨想念追逐碰撞，直至記憶塵散，最後好心提點，提點著傷感是多麼矛盾，從來就沒有方法離開。

只有當不顧一切離開兩人待過的城市，回憶變成砂礫，才有可能被風輕易吹散。

哽咽

專情，是一方被放棄以後，就會被捨下的承諾。

當專情的信念不再羈絆彼此，也只能漫無目的走向另一個心動的人，我想，另一個人所擁有的，並非愛人沒能擁有，只是對方忘了，忘了他曾是那樣溫柔的人，那些拼湊不回的承諾，隨著時間分化軟弱，即使再次與這個人相愛，信任早已無從癒合。

可是不要忘了，記憶裡頭的他，一樣是非常美好的人，只是最後離開得不夠善良，沒有趁不小心愛上他人之前，對你親口承認「其實我們不適合」的事實。

而我想說，請相信他依舊是個好人，只是一個比較愛自己的惡人。

第25天

I remember when I frist noticed that you liked me back.
We were sitting down in a restaurant waiting for the
check. —— K《Cigarettes After Sex》

最近不斷重複播放，喜歡Cigarettes After Sex慵懶歌聲撫慰了一切。

舊地重遊，知道回憶不可能輕易刪除，好好面對走過的路、說過的話，願意耗盡大把勇氣好好練習，「沒有執著」這幾個字聽起來多虛偽可笑，但沒關係，我們總會慢慢習慣，讓愛過的人永遠鑲嵌在記憶，時光會替代緊握的勇氣，我們之間存在的一切會恢復原狀，讓我與這個人的未來變得越來越無關。

比起笨拙，不如說我們比較專情，哪怕愛的過程曾經分心，至少我們都沒有選擇當最後捨去的人，或許啊，不特別等待什麼，其實也是一種永恆。

上　癮

如果你知道這個人的出現，最後會變成傷口，你還是會選擇讓它
輕易進入你的生活嗎？—— 答案，早已在你的神情中流洩出來。

所以，你知道愛是有毒的快樂，也還是要去試，理解做出選擇
以後帶來的刺痛，是如何獲得幸福也會怎麼失去，愛是擁有以後
會被其所傷，卻也有著治癒的可能，你不是為了被傷害所愛，
而是為了相信這個東西能使你變得更好，你才去愛的。

惦 記

戒掉了我們都喜歡的東西，努力假裝忘記。

經歷浩劫，才知道有些不熟悉的場合需要練習；試圖把生活填得很滿，可是卻無法替代那些無關要緊的事情。身體裡的我，原來住著兩個人，一個面向陽光，一個迎向陰影，知道她們無法共存，卻還是得依靠其中一個人活著，再找到下一個人。

搬遷的日子，慢慢接納兩者存在，猶如表面癒合，內在卻難以完整。

我會懷念走入北美館是上個夏季的事情，對於它理所當然的存在與安逸感到悲傷，卻又不得接受閉館重啟的決定，轉眼間來到了夏天的第二階段，曾經以為還能夠相見的人，卻都不能走在一起；而還留在身旁的，卻從沒問過要不要並行。

想念必須時刻活得像羽毛一樣，輕得不被人發現，如同不能佔有容量的存放，而我只能凝視腳邊堆得越來越高的毛絮，想像我們懷著相同場景的記憶，卻無法回放說過的話，我知道沒有人能在最開始的時候，預設最後是否會被拋棄，這一切只是不能倒帶的回顧，不是多麼嚴重的事，如同情緒可以很深很鹹，卻不能永遠失去味覺。

幸　運

我們經歷過那麼多次嘗試，卻沒有辦法變成自己喜歡的樣子，如果能在眾多分類裡找到足以成長的方位，對人們來說，或許就是一種領悟吧。我們都曉得信念帶來的不僅僅是巧合，還有好多失敗，與其說著沒有能力，不如說，慢慢熟悉是必經過程，如果沒有經歷失敗，又怎能著實領悟，如此一來，還需要擔心沒有方向嗎？

相對追求結果，不如說真正期望的是幸運，有時憑空懷著天賦卻讓態度毀滅自己的人，世上數著數著，仍是太多了。

迷　失

社會緊湊的步調壓抑了理想，導致太多遺憾，人生在分叉路口停滯，連踏出一步都困難。眾人說這樣能比較好壞，只是必須忽略脆弱，我們為了變成別人喜歡的樣子，連自己五官都沒辦法觸摸凝視，日子過久了，慢慢也找不回真正的模樣了。

她忘了究竟在家裡養病多久，每次吞好幾顆藥，一再孤獨面對醫生，看起來沒有與其他人不同，只是大多時間都在深眠，暈眩的，從這處到那處，天旋地轉，我們終其一生無法理解她的抑鬱，總有那麼多別人不懂的眼光，投射在她身上。

她比誰都想要獲得成就，想不被拘束、拋棄壓抑，想要證明自己。

如果說這是一個不存在答案的問題，說不定病因真的不存在，因為我們都可能會罹患上這樣的病，如果在成長路上不小心遇上了，請替我對她說聲：辛苦了。

真心希望她有一天可以不再吃藥了，全心全意讓自己痊癒就好，我知道她從來都沒有病，因為她的病，是期待傳染給她的。

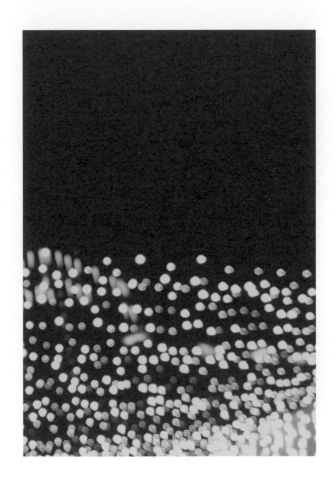

不 眠

眷戀一個人的好與不好，想來都太過刺眼。

你其實也不想偶然，比方說，因為旅行開始搜尋房型，不知不覺，
還是點選到曾經共住過的房間。你一直都知道，人們無法決定腦海
該擦去什麼，甚至連回憶要蠻橫住下來，也不需要經過誰的同意。

那張以為好眠的床，只留在你們共同旅行那天，時間流逝以後，那張
床還好睡嗎，彷彿忘得一乾二淨了。

我想真正讓你熟睡的，並不是那張床，而是躺在身邊，曾經讓你
安心的人。

愛 人 的 愛 人

你愛過人，也當過一個專情的人，你投入自己全部去愛人，好想獲得被愛，以為愛人就是將心完整交付，可是不曉得最好的愛是先對自己好一點。你說非常愛他，開始是，最後不是。最初愛他比愛自己多，說有了他，連活著這件事情都覺得不再疲憊，確實為愛而生。

你愛他，愛著愛著，愛到他漸漸對別人有了分心，他是愛你的，可是也會疲憊，你給他的愛有時太多，多到他其實不知道你有沒有分一點愛給自己，他希望你可以試圖愛自己，至少有喘口氣的空間，可是啊，你完全不知道自己變得醜陋、軟弱不安，他沒有提醒你應該發現，因為他連消弭彼此爭執的時間也沒有。

你還是說服自己好愛他，比愛自己多。

可是太孤獨了，覺得他隨時就要跟別人走了，脆弱卑微，每天活在憂傷之中，有時他閃閃發光讓你不知道什麼才是最想要的，只知道用分心來報復他是最優先的選項，他傷害你的心過失致死，確實你也真的死過一次，血淋淋的。

最後你也用同樣手法傷了他，他真的死了。
於是為了重新開始，他把跟你之間相愛過的那個他，推入深淵。

他討厭那樣的自己，思索著要是一開始就沒有愛過你，或者是被你的愛觸動，是不是就不會因為孤獨而跟你走在一起，又或者其實你還是很孤獨的，只是他終於知道自己不能再孤獨下去了。

後來跟你分心愛上的人在一起，幸福快樂。

可是你還是很害怕，恐懼著這個人最後也會離開，你不曉得想要什麼，只知道喜歡這種情感根本無法控制，互相吸引說著我愛你啊，你愛我啊，這樣就好了，只是不想要活得太久，想在靈魂消散之前，再次相信自己的感覺。

你已經忘了愛過的他，原來你是真的很愛很愛過他，可是那個你也已經死了，那樣比較好，關係裡頭的兩人都死過了，就不用概括承受了，但他會靠近幸福，而你不會。

你會背負捨棄的罪名，直到對方忘了愧疚的感覺。

養　傷

快速投入下一個人的快樂，就會忘不了前一個人的悲傷，畢竟尚未稀釋的習慣怎能輕易取代，懲罰沒有所謂芥蒂，反倒越是走投無路的人，越顯過去軟弱多麼深掘，那些沒有寫好計畫的分心，不是誰的過錯，到頭來掙扎都是無能為力。

因為必須發生，所以得正面迎擊；
因為不能逃避，所以沒有多餘氣力呼吸。

只是，還沒清創的傷口，總有一天會五味雜陳地復發，我猜那不是針對現在眼前的人，也許在真的變得一無所有以後，才會想起關於前一個人的事情。

說不定拋棄的人，最後也會反被拋棄。

先 來 後 到

眼前的她。

一邊喚著愛人稱謂，一邊說著「走一步算一步吧」的同時，卻又把這個人裝進自己的未來藍圖，無法當面戳破她的不安，卻也無法將她的脆弱填滿，關係混濁不清，卻曉得直至抵達盡頭之前的相遇，原來都是安排好的。

我知道有些喜歡是無論怎麼避免，最後都還是會不小心遇見。

終究還是在茫茫人海尋覓了她，而所有選擇與現狀孤獨與否都沒有關係，因為沒有辦法阻止自己投入更多，終究是選擇成為了一個能夠被她選擇的人。

雖然喜歡，只是太遲才走進她的生命裡頭。

完 整

跌入絕望以後，深信最後也會長出一雙翅膀。

接續生活的苦，只要不覺得是苦，就不會沉浸悲傷。記得他說過，生活本就是苦的，不斷表態自己多麼苦痛的行徑，只是無病呻吟。仔細想想，也許從結束開始，我就是一個完整的人了，懂得理解喜歡與不喜歡，生活的喜怒哀樂，慢慢回歸。

我已經不介意了，任憑憂傷將我寵溺如何，我只知道，終有一條路是需要讓時間走完的，若非果斷離開，若非心成為了別人的，我永遠都不知道自己能如此耐痛，當我橫越這條漫長孤獨的路，我的心將不再屬於他，我才能擁有整片藍天。

也或許變得幸福以後，再度轉身凝望，也會感激這個將我推開的人。

前 任

「你」這個字。

突然就變成過去，然後假裝不難過，
雖然只要足夠融入生活，就可以離你的影子遠一些。

你還是你，沒有過去，
只是換成了另一個代名詞而已。

親 愛 的 小 鹿

傷疤仍是傷疤，不會因為物換星移就變成生命的紀念品，它或許可以稱作代價，那代表人生試煉，是為了讓你擁有一顆同理心，因為我們無法讓即將發生、或是已經發生的傷害有所轉彎，如同有些阻礙從生命渠道裡拼命掉落，我們只能用渺小身軀去抵擋，將所有傷害帶來的困惑，勇敢承接。

曾經好想問你，究竟會把喜歡的事物放在什麼樣的位置呢？也許明知道祈禱也無從改變，卻還是這麼做了，你從來都不會期待這份關係驟然消逝，也不會希望對方哭喪著臉，還假裝自己堅強且不被淚水淹沒，甚至希望過了五年、十年後，他們還是一樣幸福快樂的生活在一起，保持善良。

小鹿，你說再也不想要成為毀滅關係的人了，所以經歷被介入以後，就知道怎麼讓自己成為遠離對方的人，為此選擇遠觀並且等待，可是我們不能等，不能等一個已經屬於別人的人，我們只管專心地問自己，什麼時候可以確切離開？如果愛上或者不愛上，都會迫使自己受傷，那麼是不是當個不傷害別人的人，會比較乾淨無瑕一些。

一個人的專情，始終都是專情，你無法迫使他離開他的所愛，我希望你能永遠快樂，所以不要等了好不好？

好嗎，小鹿。

變 質

謝謝成全，讓傷害帶走了妳，謝謝荒謬不羈的生活裡頭，還能找回復原的力氣。確實因為他，生命有了一道隔閡，但我明白，是為了留給最好的人來負責填滿，悲傷墜毀之前，需要細心照料缺憾，如同把妳的回憶好好收集封罐。

我知道妳也不是過期了，我不會在五月一號的時候打開來品嚐，妳只是不在我的生活視線，依然好好活著，懂得自理生活，與另一個人走向接下來的相戀。

我明白我會一直想念，一直、一直……也許這些莫名其妙的想念，總有一天會告解不過是習慣而已，最熟悉的愛人終究會被下一個更愛自己的人給取代，我的悲傷是無能為力讓一切發生，更何況妳只能住在這個人的記憶之下，變成極致的旁觀。

直到變質之前，我們的回憶尚未風乾，只是，現在還沒有真的過去。

不 能 在 乎

他其實不在乎，所以才能如此坦率在你的訊息留下痕跡，那些透露關係的行徑，不過是舉手之勞而已，對他來說，是不是「你」其實一點都不重要，只是普通朋友。

比起忐忑，思索是否將這個訊息按下痕跡，不如說都是無意，簡單不會放入多餘感情的那種，很純粹。或許直到他們結束為止，你的存在還是無動於衷。究竟是沒有感覺的人，不管放置多久還是一樣，又或者他們會走到永遠，沒有盡頭的那一天。

真的不要等了，就算很喜歡很喜歡，也請不要再等了。

白　紙

一個已經複雜化的人，只能努力將自己的過去塗成白色，這些深刻破缺，也不會因為誰來了誰走了就默默不見，時間也許好心袒護你一些，但也無法磨成一張完好無缺的紙張，比起伸手抓住那些已不熟悉的，不如撫摸依舊平滑的部分。

什麼都沒有的人，跟什麼都有的人，寧願好好重新開始。

介 入

第一眼相互凝視的時候，知道自己的心有所波動，像是纏繞道德上的規範，對自己催眠著「必須好好善待身旁的人」的意識拉扯，於是你也相對清楚，這是唯一正確的選擇，所以你確實好好疏遠，幾乎從來不認識的那種。

猜想最初也是最後，無論這份在意擱置多久，雖然知道還是沒辦法忘記，反覆打開訊息的矛盾，看看有無回應，寧可深信最初是巧合，卻沒想過，從此看不見那份好奇。

有些心意大概是無法說清楚的，畢竟行徑透露太多，如同我們都知道，有些在乎只會隨著時間變得越來越清晰，羨慕被你愛過的人，卻不能夠成為，對於剛好經歷分裂的我來說，一切都太過難堪。有時相信關係放著放著，就能慢慢回歸平行，心跳是總有一天會長滿塵埃，再也聽不見跳動聲。

或許是剛好從你這裡獲得什麼，是再也不能想要，也不能需要。

影 子

失去的過去與現在，無法並存同條軌道，無論重逢幾次，過去寄託的約定，已經分解在兩個世界，如同不能重複使用的膠卷底片。她擁有她的生活了，而他也是，已經不是相遇的假設，二度聯絡以後的如何又如何。

回憶不是經過犧牲、時間的催化與分解就可以變得婉轉的產物，愛是超脫悲傷，把當初得來的溫柔變成影子，然後拖行、重生，慢慢學會與遺憾共存。

不要害怕再遇見，因為無論如何也回不到過去了。

專 情 的 人

時間是漩渦，可能腳一踩就掉進去，你會不會有時也懷疑自己為什麼如此專情，是為守護白頭偕老的承諾，還是不願戳破？你說最喜歡他了，但你喜歡現在的自己嗎？是為了遵守說過的約定，還是從來都不考慮自己？你說喜歡坐在他的機車後座，你說喜歡早晨揉開睡眼就能看見他，你說這樣很好，就算鬧脾氣了他還是包容你。

但我一直沒告訴你，我很喜歡你的專情，就像很多不能說的秘密只能藏進情緒裡。

我始終在等你，等你有一天願意跟我一起看電影。

慣 性

好朋友失戀了，看著他的快樂慢慢剝落，好像在看著過去的我。
到最後我們都在拼命挽回一個已經不能重來的人。

即使說過的話，需要不厭其煩重複地說，但我知道這是愛的緩慢
練習。

不能告訴他必須要哭，每個人舒緩悲傷的方式不一樣，只能跟他說要
好好生活，這些話聽來千篇一律，但或許都是哲理。想要從中逃避的
衝動，也是有的；想要說服自己沒有他會死去，也是有的；想要捨棄
回憶，但卻走進更深的寂寞，也是有的。

如同你知道那些應該發生的痛苦，確實一項都沒少過。

但他應該會在經歷釋然以後，變成截然不同的兩種人，一種是相信自己可以變得更好；一種是恐懼孤獨，想用下一段感情忘記悲傷的人。無論最後怎麼選擇，都會被歸納成唯一，所有遭受痛楚產生的疤，都將讓我們更加靠向自己。

奢望所有的放下，都不是放下。我們會記得愛過的人所擁有的習慣與喜歡，只是無法獲得更新，彼此最不相同的是，對方會再愛上下一個人，他或許早已看透分離，可是我們不一樣，愛過的人寥寥無幾，我們終究不會有習慣分離的那一天。

接 收

你知道我喜歡吃火鍋，所以我們常常坐在涮涮鍋店吃著幾百元重複的食材，後來我再也沒有自己一個人去吃了，不知道從什麼時候開始我就無法一個人了，可能是因為吃的時候會莫名想起你把討厭的火鍋料都放到我這裡的習慣，我不是喜歡吃，而是因為那是你不喜歡吃的，所以我接收了，如同我接收了已不再被你愛的事實。

後來我只能邀請許多跟你不一樣的人共進晚餐，是好友同事、家人，但就是沒有你。

我還是很喜歡吃火鍋，而且我非常確定的是，有一天我會遇到一個很喜歡吃火鍋的人，或許他也會像你一樣把不喜歡的東西丟到我這裡，而我一樣也會接收它們。

我知道我會的，只是一切軟弱都還在進行式。

療 傷

專心面對生活，意識到好像沒那麼難過的時候，探聽對方消息的老毛病又犯了，有時並非所願，偏偏本能難以控制，心說穿了比較老實，不自覺點開最熟悉的頁面，看見兩人一張同框影像的難受，這些時日不易換來的堅強，變得支離破碎，幾乎難以敘述這份感受，痛苦直擊心臟，眼淚啊眼淚，沒法讓人有勇氣拭乾。

若真有誰願意同情，倒是希望那個曾經擁有良心的人，可以消失徹底。

哭啼當下，記得朋友說過：「是誰說不可以忘記？」

我想也是啊，他可以的，他可以就此幸福，可以不用回過頭來負責安慰，他選擇親自將我們之間斷了線，此後我該靠自己的勇敢扶搖直上，他不會再為我努力，而我只能仰賴自己的力氣，繼續孤獨飛行。

所有好奇帶來的傷害，毫無疑問是療傷的期中考，是為了讓人認清現實沒有所謂牽掛，也沒有在等著復合的奇蹟，是為了測試傷口深淺，必須分崩離析，哪怕不願接受，也得毫無疑問拽著傷疤，讓自己完全遠離。

不曉得究竟要經歷幾次考試才能真的畢業，可是我知道，回憶總會變得不堪一擊，或許會在無限輪迴的測驗裡頭，偶然獲得高分，這些過程是為了找回自己，我們總能在迂迴多次之後，排除萬難，抵達遺忘的終點。

這樣的情境就好像三毛說過的：「刻意去找的東西，往往是找不到的。」所以不要特別去找了，不特意的東西才是最真實的。

適 當 的 距 離

還愛他，比想像中還愛，他無可取代到讓我悲慘發笑。

以為這輩子，他會住在我們的家等我回來。那樣糟糕且無可救藥的我，導致日子不知成熟善待，換來了三者無情墜入，一切多活該。

二十四小時又過了，重複日升日落。

流連寂寞之處，不斷搜尋跟他一樣的影子，才發現原來沒有那麼容易替代，不知道是不是命運安排，但我找不到跟他一樣的人了，多餘乞討與關懷，對我來說都只是分散注意力的行為，最後我們還是誰也都找不到誰了。

知道自己必須保持距離，必須讓生活物歸原狀，必須將回憶原封不動封存，必須知道其實也不需要因為脆弱寂寞去愛人，我們應該弄懂，愛一個人其實沒有那麼卑微。

選擇

我們有著必須要走完的課題，也有履行責任的可能，你說不想要，我也該了解那是最後一次的努力，不明白怎能放下過去那麼長的日子，就這樣逍遙地與另一個人走入別種人生。直到她們告訴我，你的選擇不一定是最糟糕的，有可能是最好的。

試圖聽懂她們說的，也懷疑自己佔用你的好，是否該學會物歸原位，不再浪費你的青春，心裡累積好多難過想說，卻怎麼也說不完全，所以我不說了，我想紀錄下來，希望你知道，有時道別之所以不為道別，是不願說再見，比起再見兩字，更想對你說聲不要再見，彼時相愛得來的溫熱，是刺在身上以後再也降溫不了的。

插 曲

不曉得當初被你身上的何種特質給吸引。

但我知道,你終究是無辜的,就好像我早該坦誠,這份關係出了問題,硬是把你的存在塞進我們之間,愧疚著你其實一無所知,也可能永遠都不會曉得,期盼你能好好成為自己,因為你的出現像是安排好的,讓我知道有些關係需要被瓦解、不該沉溺,一旦選擇疏離,又或者離開他以後的陌生練習,我明白這些發生都是具有意義。

忘了跟你說,猜中你的手機密碼是件過份偶然的事情,有時候你必須相信緣分並不容易,不會有重來的機會,也可能部分相似,如同人心越簡單就越難以描繪,我曾經是那樣渴望,卻沒有更多奢望。

如果說,有一天你變得幸福了,那該有多好。

你從來都不知道,我總是過於迷信巧合這件事情,甚至希望可以不再扮演配角,畢竟局外的存在,終究是一場太過陌生的等待,有時我心裡知道,卻無法成為你生命裡頭的其他選項,你是為了讓我離開他,必然存在的人,是一個插曲,是意外的人。

喜 歡 的 不 能 喜 歡

陌生的距離，變成了最美的想像，妳願意瞭解他，但他卻沒有想了解妳，你們對談的畫面，旁人看來像演了場獨角戲，妳試圖用言語試探，開始不覺得只有痛苦，甚至相信傷口已經慢慢癒合，從沒有想像過，生活被全新的人覆蓋，在意變成無法自拔的事情，位置慢慢取代，開始覺得自己不像自己。

可是妳知道的，初次見面是迷戀，二度見面，妳才懂得呼吸跟好好對話。

妳說，這麼努力找了一個機會見面，只為確定情感成分，又或者他永遠都不會知道，也不能夠知道，比起說出喜歡兩個字，情願好好維持不會消失的朋友關係。

妳問自己的心，這算是朋友嗎，其實從一開始就不太確定。

放　棄

好多沒來得及說的話，突然就沒有再說話了。

訊息停在同個日期，視窗沒能更新，他的遠離並不意外，因為他的出現從不是自己可以定義的，那天坐在朋友對桌，聽著她說：「當然會心動啊，只是清楚自己立場是什麼。」反覆思考她說的話，也同時理解這份相遇多讓人感到可惜。

不知道有什麼方法可以不要讓這些遺憾發生？努力過了、也嘗試保持距離，但在乎的感受總是相對真實，雖然什麼都不能傳達，也已經不能遇見，面對難以揣摩的角色，扮演起來多麼折磨，我們唯一能為對方做到最溫柔的事，就是扼殺這份感情，堅守如何喜歡也有不能介入的偏執。

因為他現在很幸福啊，很幸福，你又有什麼權利成為他的幸福呢。

留　白

有時不把關係戳破，是件很幸福的事。

如果什麼都沒有說，如果也不曾想理解，如果你、或者我，可以在這份關係恣意存在，或許傾聽更多就能靠近心事更深，試圖說服，這並不是太過失衡的事，那樣的話，是不是就能夠走到更盡頭？

妳說，想清楚就好了，現實沒有足夠籌碼讓人思考，甚至在某些狀態，極力排斥那些朝自己襲來的洶湧，意識朦朦朧朧，幾個夜晚，羨慕你在意過的人，卻無法成為被愛的那個，猶豫著繼續同時，突然間就選擇把關係切斷了，這份困惑彷彿無處可去，依循不安，只好與陌生人道出心事，而他用了很客觀的說法回答。

他說，不是沒有好感，而是早已做出選擇。

他說，那些沒有答案的問題都不是問題，所以就不要問了吧。

他說，能夠回應的只有時間，除此之外也只有時間。

而現在能做的，就是把注意力放在自己身上，因為你不知道對方會在什麼時候面對結束，又或者當他發現的時候，你也已經不在乎，你該知道有些情感沒有保存期限，只有你很剛好、而他也剛好，這份關係才有延續可能。

一份沒有心意相通的關係，不需要努力。我們只要為自己的心負責就好。

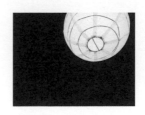

錯　過

搬家以後，開始學著習慣坐火車。車廂搖搖晃晃，一旦駛進相對熱鬧的站域，人潮便取代寂靜的空間，瞬時變得吵雜，喜歡長途乘車的感覺，雖然孤獨，但也能完全專注在自己身上，一面釐清尚未找到答案的思緒，包括關係和沒有期限的回應。

觀察周遭一切，每個人似乎都有著自己的故事。

城市的各種面孔，彷彿活在躁動，記錄人們的每個時刻，上班下班日復一日，甚至連自己也穿梭其中，終究沒有人知道，坐在身旁的人，他們昨日都擁有什麼樣的記憶。有些人失戀哭了一整晚了嗎？有些人被數落一頓才安撫好情緒？有些人是否連早餐都沒吃就匆忙趕上這班車？

突然意識到，這裡有好多不屬於他人的記憶，它們只屬於某些相連的人才能給出回應，有些故事不存放陌生人身上，只能活在對話、生活隙縫之間，它好心替我們保管心事，單方面想說的，或者一期一會的相遇，彷彿看過、為誰經歷的曾經，卻有說不出口的苦難和幸福，甚至眼前所見的一切，都很難再度遇見。

不知道什麼時候還會再搭上同班車，也可能永遠都不會了。

那些循著時光卻無法記得擦身而過的人，而上車與下車的人幾乎毫無分別，都是擁有短暫相遇，卻不能夠成為永恆的對象，我們只能不斷錯過再錯過。

道別

說不定一生都不會再見面了，那樣惋惜，與他之間相隔不到六人的距離，即使到最後還是對這個人充滿了矛盾，或許對他來說，我的出現不過是陣無色的風，就算吹進了他的心裡，也不會留下什麼，毫無任何波瀾。

如果能擁有他身上局部的色彩，那我的世界會不會變得光亮一點？比起需要他，不如說渴望弄懂這個人的更多細節，性格、生活習慣、喜歡與不喜歡，哪怕感覺糾結也無所謂。你說，這應該不是完全需要，也不是必須擁有，只是想安靜留在心裡。比起看見我的存在，不如說我會一直掛念，曾經以為不要把太過糾結的事物留在身旁就可以不痛了，但後來我發現不管留與不留，痛楚都還是不會消失。

那應該是我們都還沒好好對這份在乎有所釋懷吧。

提 示 聲

把通知關了，就不會擔心什麼時候沒有銜接到對方生活。

日子規律了是一種不被打擾，可以學習一個人吃飯，可以整天不與誰說上任何一句話，不用強迫自己習慣團體生活，允許自己賴在家裡睡到下午三點，洗了澡、化了點淡妝，穿上喜歡的衣服，背包裡裝著一臺筆記型電腦，想去哪就去哪裡。

種種獨立的行為，彷彿是我們為自己安排的某種鍛鍊。

只是不管如何努力讓悲傷轉移注意力，唯有想念這件事情，是沒辦法獲得安撫，隨著不說話的日子逐漸堆積，陌生與陌生之間，想念變本加厲，若不是正在慢慢清空自己的心，怎能想像以奇數為單位的生活，可以變得如此安穩。

當初決定不再因靠近而陷落，心裡明白這些只是表面和平，那時對著他傾訴的，想著要是可以早點遇見該有多好，不過這個人真的是最好的選擇嗎？會不會只是遇見更多人之前，對方成為了短暫的經過也說不定。

眼前尚未變化的景色，直至另一個人摻入以前，我們擁有的孤獨都是最空洞的，是能獨享心願，不需為誰承擔喜怒哀樂；是能排除憐憫的眼光看向自己，慶幸快樂沒有離得太遠。我們留在習慣裡頭，讓愛人陪著自己的那份依賴，想一想，或許是該好好鬆手了，有些回憶本就難以剝離，也是因為我們不知道怎麼放手。

但我曉得，走向陌生本來就沒有方法，學習懂事去愛，或者好好生活，兩者其實一樣重要。

上 鎖 的 秘 密

利用瑣碎時間拿來複習，惦記的事一天天減少，最後說上的對話也已不多，我們之間的回憶沒有增加，只剩疏離。還好沒有誰選擇步入錯誤的開始，一切都已停止。

還是盼望能夠再說上一些話，還是期待某些關心沒有結束，一無所知的陌生，雖然也不抱任何期待，但在乎從來都沒有方法遏止。如今想要前往的去處太多，夢想變得不再踏實，現實太過折磨，所以不能再為了一個人輕言放棄。

對於成為一個被選擇的角色，從來就只有等待而已。唯一掙扎的方式，大概只有等，或者不等。可以嘴上掛著不在意了，然後藏好這些秘密生活下去。

相信一天天過去，喜歡一定會慢慢不見。

輯三　呼吸

連 接 點

生命有太多言不及義的話，好像菸只抽一半，來回幾次暗示，游移在無法坦誠的模糊邊界。有時曖昧只是遊戲，踏出以後又快速收回，人們總是擅於訊息粘膩與竊喜，卻從來都不知道，原來最不擅長的就是專心愛人。

一旦關係進入磨損，相愛氛圍變得不再濃烈，習慣或者忍受，變成了某種深淵。我聽過愛情最動人的一句話是：「愛，應該是屹立，而非墜入。」

這句話聽來該讓人多愧疚啊。

愛一個人，想變得獨立的心意，從不是偽裝，有時過多過少都容易導致關係失衡，人們在相愛途中，見過太多沿著永恆只走一半的誓言，馴服以後，幸福這件事情變得不再特別，我們以為最好的擁有是永遠，可是不是那樣的，不是的。

馴養的定義在於：我需要你，我也可以不需要你。
那是獨一無二的你，也是獨一無二的我。

如今只想好好說出在乎這件事情，比起盤旋曖昧，任憑對方漸行漸遠是多遺憾的決定，不如把對方擁入懷裡，畢竟真正願意馴養的人，怎麼能捨得對方變成他人的依附？人們其實沒有那麼博愛，每個人都想把對方變成自己的，就算我們知道這不是物品、不是等價交換，但其實這是一場沒有人願意被馴服的遊戲。

忘　課

一個人，用幾千個日子記取了另一個人的習慣，卻又得逼迫自己學會忘記。

躺在床上，回頭看看另一旁，那頭寂寞空空蕩蕩，說著不介意，也曉得謊言充斥，那麼龐然的想念，怎麼可能獲得真正遺忘，有時無法確定可以堅強到何時，所有不甘寂寞的象徵，顯示兩人之間的那道牆多麼脆弱。佛洛姆說過，人跟人之間相互吸引的狀態，一旦把這道牆抽去，就會理解寂寞多深，倘若我們不能好好面對心裡的孤獨，那麼我們就一輩子也無法面對愛的本質。

幾乎是不想再仗著寂寞去愛人，只想好好保持距離，為了維持最簡單也最困惑的日常。

按 鍵

有些關係，是一旦按下去就不能說停止了。

所有小情小愛是衝動，是能為誰哭一場又怎麼捨得陌生，倒是羨慕那些提早狠狠痛過一次的人，或許先行受傷之後，就可以用比較多的積極修復自己，那些已經知道愛不能夠逃避現實的事，苟延殘喘才明白的某種告解，是無論勸說多少都沒辦法理解的偏差，是我知道即使說多少次對不起謝謝都還無法挽救的事實。

明知道失去很痛，可是你也知道，這種痛不能當飯吃。
更不能因為對方把關係按下結束的那一刻，
你就決心不當個體諒的人了。

好　壞

愛人把最好的都奉獻給你了。

深信一生善良，最初如何體貼彼此，把對方當成優先事項，不知道時間多無情，相處將情感逐一摧毀，愛人選擇給我們看見最美好的，卻不曉得無法參透的陰暗，不確定眼前所見的人，是否屬於真實的他，我們愛上的都只是想像出來的人，又或者別離的時候，對方已變得全然陌生。

時光趁著我們不注意的時候，把他變成別的樣子了。

如果轉變能分辨好壞，那也是為了讓我們更加專注，他不需要交代任何改變，彷彿只有時間能替彼此把關，就好像錯過一個人，也只能用失去來理解當初的不成熟，心態接受別離的那刻開始，你就知道兩人之間，再也不會擁有更多期待。

愛與不愛，都是同條線上的分界點，起點與終點都劃分得剛好，我們無法從遙遠之處預見這些刻度，也無法計算深淺，你永遠不知道最好的緣分會在什麼時候來臨，只能學習淡化悲傷，讓自己重新站起，僅能相信所有好壞，都是為了迎接現在。

流 言 蜚 語

無需太多很好，也不用追究給誰看，那麼孤癖疏離，深知是一個
軟心的人，喜歡瞭解，也想被瞭解，可是卻不喜歡追著別人的尾巴，
每當懇求對方抽空過來抱抱自己、陪伴自己，就會覺得關係為何
撐得如此委曲求全。

這樣的無謂堅持，適用任何友情、愛情，終於看懂了性格何其
迥異。

一個人對自己好，就同理善待對方，誠心誠意付出，排除算計，
只願在對方面前做一個真實的人，縱然言語行為不免傷人，但比起
虛偽上演一場沒有意義的戲，不如把時間浪費在真心想對待的
對象，誰要討厭自己，跟自己的選擇一點都沒有關係，他要討厭
你也是他的決定，　我們只要珍惜那些願意付出的人就好。

生命終其短暫，沒有太多力氣去接受那些不屬於我們的關注。

微 亮 的 夜

還是會遇上無法解釋流淚現象的自己，我們用言語陳述難受的分離，但總有些道別，是無法確切告訴別人理由，甚至連我們自己都弄不懂。說再見已經是幾個月前的事情，但不曉得為什麼，獨自承受眼淚的時間也逐漸變多。

每次睡前凝視漆黑的天花板，可以感覺滿心疲憊，很深很深的那種，朦朧的意識混著莫名滑落的淚水，望著窗外慢慢微亮的夜，心裡掛記一個人的好，知道有些東西無法追溯，記憶有時帶著我們漫遊最初相遇的片段，斷斷續續地逼迫著永不能忘。我想這樣的狀態會一直循環、循環……直到不再令我起伏。

理智與感性試圖教會我們如何去愛，卻沒有辦法遏止，愛與被愛是一項無解的謎，是多少人指引著路該要這麼走，仍是逆向前往，只能不斷練習，直到遇見一個不會讓人失眠的人。如果某天我們不再哭泣，或許是始於我們對自己的和解。只有不再追求從別人身上尋來的好，只憑自己努力得到，或許那個時候，我們就不會再流淚了吧。

尋 覓

眼前日子是一片混濁，不知道要去哪裡收拾比較好，多了一個人與少了一個人都是相同的，沒有不會走或者永遠留下的羈絆。壞死的傷口會不會有痊癒的可能，答案是或許吧，人不會自動慷慨復原，卻也不是永遠罹難。可能會在偶然的時候尋覓到那份缺塊，使遺憾的地方被湊上，然後暫時不覺難受，然後突然變得能行走。

我們會重複無聲吶喊的舉止，跟看不見盡頭的海是一樣悲哀，但請不要哭泣，不要覺得這是背叛，生命的意義，如果不去尋找是不會憑空出現的，曾經這個人成為你活著的意義，如今意義丟失了，你要替自己去找一個新的。

我想很快的也會出現這樣的一個人，是來負責專心找到你的。

孤　獨　是　一　種　界　定

關於「需要」跟「想要」是兩種不同界定。

還沒弄清楚，糊裡糊塗走在一起，尚未見識彼此真實模樣就覺得能夠相愛了，也許濃烈是有的，也深信愛可以排除萬難，缺少深思熟慮忘了抽離，就當作這些日子解讀彼此需要的區塊，卻不曉得原來愛上的形狀，只是想像出來的人。

我們都以為生活在同個屋簷之下，就能完全瞭解，三番兩次忍讓，以為沉默能保有幸福，可是你必須理解，遭逢爭執一切都是困境，無論離開或者承接，都必須相信傷害能帶來重生，若不是他先放棄，我們怎能理解當初是因為孤獨而選擇共同生活。

你說，雖然抱歉但卻喜歡，因為感到害怕，所以不願頻頻爭吵，我們究竟是恐懼停滯才導致需要有人伸手拉住自己？還是因為想與這個人相愛，才努力從蜉蝣回憶裡竄逃而出？對於自身選擇，抑或救贖他人，是兩種截然不同的愛。

只是有一天，愛你的人不再需要你，也在你的身上找不到需要的東西，又或者出現一個需要更多的對象，你才明白什麼是無常，比起因為需要而變得依賴，不如說，究竟是為了什麼而相愛，你或許該懂得，最怕的是因孤獨致死的愛。

你必須了解，這個人是愛你而需要你，還是很愛你而想要你。

不 能

脫離陰霾，好像也不算壞事，可以明朗選擇更多想做的事、渴望完成的計畫，寂寞是有的，並且時常發生，時而折磨難過，卻也幸好此刻能將心智鍛鍊得更為強壯，至少懂得相愛訣別，沒有所謂遺憾，把所有聯繫方法都清除乾淨以後，我們就得各自過上自己的生活，即使想知道更多，卻不能再知道更多。

相對第一次疼痛，或許能清醒看著第二次、第三次發生，然後就不會痛了。

然後也許，我們會遇到不一樣的喜歡，接著理解自己，雖然矛盾沒能完全根除，卻意外自己的心還能擺進另一個人的事實，我們總能透過某種分手、某種相遇，使得我們理解自己所不知道的樣子。

曾經以為孤寂是為了讓我們學會緊抓一個人的心不放，現在看來，我們也不過是為了理解孤寂，才必須弄懂失去。

所有恐懼情感的不能，都只是尚未理解自己遠比想像還更加耐痛且強大。

局 外

曾經成為關係裡頭最不堪的存在，也被這份矛盾所傷，或許吧，
人不可能只憑本能專注在一份相遇，當視線變得無垠以後，在意
也越掘越深，我一直覺得逃避是件微乎其微的事情，如同有時
我們以為好好的，卻沒想過現實原來都會發生。

狠心為自己上了一課，拆穿了也是必經過程，如果此生必須扮演
被傷害的角色，卻真心期盼他日可以諒解其中一方，無論傷害
或者被傷，終究沒有誰出自心甘情願。

當擁有的都失去以後，再遇到了這個人，瞭解所謂「一個巴掌
拍不響」的事實，如此一來，只能將這份在乎慢慢捨棄，盡可能
裝作根本不存在。

比起傷害，更希望關於這個人的一切，可以活在還沒遇見的
快樂之前。

重　置

奧修說：依賴你的人，也會讓你變成依賴的人。

遭逢剝奪的我們，靈魂變得空洞，看似回歸生活狀態，卻不代表一切都好轉。我們必須從一個依賴的角色，變成一個只能依賴自己的人。

可以做到遺忘過去的人，是很堅強的人。那些好不容易從束縛脫離，或者幸福已經長在另一個人的身上。但真正的愛是讓對方變成弱者嗎？還是不讓對方變得無能？

曾經緊密的選擇，最後走向別無所求，知道有一天必須好好整理，卻曉得沒有人能牢抓悲傷不放，我們只能在重置之間，找到不讓自己瓦解的可能，所有允諾過的季節，是為了與對方共同成長，祈禱對方沒有了自己，也還能保有最初愛上他的模樣。

愛不是把自己分給對方就淪落貧乏，
而是把對方的一點一滴拿回來，拼湊成更好的自己。

備份

那晚站在外頭擦乾變得混濁的視線，你問我，眼睛看起來很腫，怎麼了嗎？只好苦笑著說沒事，昨晚發生了一點事。

初次有了想在不熟悉的人面前流淚的衝動，可是不能。

穿梭人海裡頭，站在遠方，突如其來夜空綻放，每次看見煙火，就會想起那是唯一發現他還有另一個人的線索，下定決心分離之前，複習我們留下足跡的地方，沒有水的池畔、吃了幾口的胡椒乳酪貝果，透過相機凝視過他的臉孔，拍下的每張照片，都讓人難以忘懷 —— 那是雙愛著另一個人的眼眸，卻不忍說破。

人其實一直都無法放棄，那些很喜歡卻無法改變的事情，明知道這是犯錯，卻還是傻傻走進那個錯誤的空缺；明知道這樣會傷害自己，卻還是想試圖跨越。後來也終於都不想了，後來也終於願意讓另一個人對自己好，後來的不甘心，也終於遺失了保持聯絡的方法，愛若使人瘋狂，大概只能用盡各種方式延續對方的好。

於是忘掉偏執，迫使自己失去好奇，至少放下錯誤重生以後就不再產生聯絡。當選擇變成一塊沒有甜味的巧克力，喪失吸引，再也裝不下任何變甜的契機。

知道他不是不好，而是不能察覺到，原來他的體貼始終無法備份，只能留給他心裡最在乎的那個人。

現　在

他們看來相愛，很安定很美好，如同相遇之時，早已清楚有什麼被吸引，透過行為對應那些沒有結果的告白，都是一種捨不得，所以不能等待、也不能繼續裝傻，選擇把感受鎖進心裡，隨時間慢慢沖散執著。

心裡清楚，這些感覺是寶物，把這些都好好整理以後，就不怕總有一天會失去。你知道現狀要擁有一絲期待都還不適合，所以什麼都不能說，靜靜等待時光給予最好的回應，當下知道對方做了什麼、喜歡什麼，即使活在對方最狹隘的彼端，你也覺得這份守候已是最完善的陪伴，你不怕不喜歡了，也不怕回頭以後這個人就不在了，因為已經存在過的距離，永遠是原封不動地放置心底。

趁著關係產生變化之前，你終於知道「現在」才是最重要的。

相 信

最近記憶時常帶我回到最初的時候，想像我們就在香港，共渡輪船凝視著毫無邊際的海上城市，夜色閃耀，眼裡只映照出彼此，那時相處還有好多陌生靦腆，我是羨慕浪漫情節的人，卻不擅長那些表露愛意的事情，一心憧憬。

雖然最後離開的方法不那麼美麗，也有些不堪，分開之後，幾乎還能記住前半段美好的模樣，不知道怎麼了，後來片段再也拼湊不出更多。

他是給過愛的人，也給過真心，只是未被妥善對待，所以碎了滿地。以為口頭承諾會是永遠，怎知道途中就走散，沒想過愛原來會退潮，也沒能預知自己的耐心會被現實逐漸磨盡，說起日常相處最感動的給予，原來是睡醒看見桌上擺了一份早餐。那是有生之年在他身上獲得最深的愛，至今想起依舊充滿感謝。

對自己好的人，會一直都對自己好嗎？對自己不好的人，會永遠對自己不好嗎？思考著沒有什麼溫柔會永恆吧。愛、不愛，其實都同樣短暫，只有時間會給出最真實的回答，在我們將自己徹底交付之前，我們不能夠輕易依戀，在「愛」面前，我們同等軟弱模糊，只想像美好的一面，卻沒有任何防備。

關係瓦解以後，我們極其努力用傷害之外的美好回憶來安撫傷疤，假裝沒有殘忍、沒有改變。但我們說服自己不能怨懟、我們得先學會原諒。對於傷害緩和的方式，實在很難輕易找到，所以只能試圖回想。也許想著想著，就會知道對方在付出之時，也曾經相對痛苦，如此一來，明白我們都是同樣疼痛欲絕。

寧願單方面地相信他是曾經很愛過，只是真的不能愛了，
比起原諒，更願意相信他不是沒有愛過。

交 換

如果有一天，睜開面對晨光，雙眼容量不再存放眼淚與悲傷，那麼對於愛的死結也終會慢慢解開，你會好的、會的，即使無可避免感覺拆解，不管怎麼說，想念一個人的挫折，終究需要時間橫越，我們沒有最好的方法避免回憶萬剮，也沒有捷徑遺忘，只能勇敢面對生活、繼續生活。

解脫一段關係，依附的不是計算日子，更不是細細檢視傷口，而是曉得有些憂傷會持續結痂脫落，我們不一定要努力清理乾淨，心裡的角落已經不再屬於自己，至少此刻仍然無法清空，就當暫時出借給一個很在乎的人吧，而那個在乎的人，總有一天會把位置歸還，那個位置會再換上另一個人，我們只管把自己整理好，等待最好的交換。

模　樣

如果能把自己裝進某個形狀，那麼就不用害怕最後變成了自己不喜歡的樣子，願意相信所謂崩毀還是很美好，因為你知道這些情節，可以把自己帶到很遙遠的地方，或許那個地方不能棲息，又或許會不小心遇上偏差，但如果偏差帶來的安撫是安排好的情節，那麼我們也無需抗拒。

所有心裡渴望相繫的願望，最後都會慢慢流失吧，比起因為失去而絕望傷心，不如說是自己決定想要變成這個狀態的，如果冰化為水再昇華為水氣，都是同等狀態，那麼就沒有所謂改變與不變。選擇成為一個固執的人，或許是為了等待對方再次回頭的時候，就不怕找不到當初的自己，因為沒有了改變，也不怕被改變。

分 離

我會想起多年前執著的自己，如今看著他人陷入，變成了和我一樣同歸於盡的悲哀，只是我再也沒有立場跟他說，你其實沒有愚笨到什麼都想不開。

我從不相信一個真正愛你的人會捨得讓你等，哪怕多少不可抗拒的因素，讓你變得心痛的對象，才不是真的愛你，而是根本也不曉得自己想要什麼，沒有人應該在擁有一個人以後，再想盡辦法獲得另一個人對他的好，只會兩敗俱傷。因為他在一個人身上得不到的好，只好從另一個人身上得到，時間越是拖延，最後會痛苦得分不開。

本質愛你的人會好好選擇，並且珍惜對你的心動，人們不需要從另一個人身上獲得需要，自己可以把自己照顧好。愛的出發點來自「我終於把自己梳理好了」、「現在的我足夠迎接最好的你」，愛的發生應該出自平衡而非傾倒，這門課是需要好好修煉的，沒有人應該幫你把心照料，除非自己下定決心。

等待一個不能等待的人，或許是知道這已經無法等待了，或許是寂寞，或許是心裡早就有了答案，所有看似覆水難收的分離，但其實我們都有機會讓自己重新開始，於是成熟的道別，與找個人來負責填滿，終究是兩個不同的選擇。

臺東之旅：有人在家

好不容易在三月排定旅行計劃，去了心心念念的臺東一趟，我們租車，她載著我，我們吃了煎豆皮、手工甜豆花，漫步陰雨綿綿的伯朗大道，走到半途折返尋覓廁所，沒有刻意安排行程的我們，隨意搜尋，開車去了利吉惡地、知本溼地，沒有車子就到達不了的地方。

那時的我，就像墜入滿地碎片，隨意踩到就憂傷滑倒，說不清內心的難過有多麼漫長，她選擇陪著我，不帶同情，只是靜靜陪伴。那晚開著崎嶇山路，我們來到星星部落，凝視整座城市的夜景，油燈面前，彼此臉孔閃爍，漆黑的草原上有人正在使用空拍機，陣陣冷風讓視線變得模糊不清，黑暗中彷彿能看見兩隻兔子在草原相互依偎。

我們喝著薰衣草熱茶，一面談論失去與相愛的平衡，想著這些話題太悲傷了、悲傷到連心都變得寸步難行，可是她說，緣份就是盡了，沒有為什麼，妳只能夠往前走。

我記得她說了一段很深刻的話，說著愛一個人，要保有自我狀態，才會感覺安心，愛雖然會讓人失去理智，可是那樣的自己太可怕了，她想要追求的愛情並不是無法掌控的轟轟烈烈，而是可以在安穩生活裡頭，決定自己能成為什麼樣的人。

只知道她說的話，慢慢將我從深淵往上一拉，嘴裡吐出的任何字句，似乎為我帶來曙光，我明白旅行之所以能疏離悲傷，或許只是暫時逃避，所謂勇氣、果斷，皆是無法維持太久的慰藉，或許熬到三月中旬後，就能夠搬離那間小房子，或許這趟旅行要告訴我的，是遠比療癒要來得更多的人生哲理。

我比誰都清楚，一旦回到臺北以後，肯定又會再次墜入地獄，但我知道，若一個人要離開捨不得的過去，死心是必須的。這趟旅程意味著想要從軟弱處逃脫的話，就必須堅定，當下所有挽回的行徑，說穿了只是捨不得的拉扯，無論怎麼做，也無從拯救那些註定千瘡百孔的情節，她說緣份盡了，我也必須老實弄懂。

只是在迷路好久的歸途裡，才懂得一個人也有一個人的快樂。
這樣的領悟並非放下了，而是掙扎太久，好不容易將心從矛盾撈起。

暫　時

生活是一場出借，是安放並且想像，有時安逸久了難免遇上瓶頸。當然，也有絕對孤獨的時刻，只是夜深人靜，我便相信一切都是「暫時」。

暫時是一個很神奇的詞，可以分化當前感到糾結的疼痛，一點、一點……最後凝聚成無數個線。有時候，回憶會突如其來連接一起，緊密得讓人窒息，特別是依賴過短暫的迫害，就會覺得現在並不是自己最喜歡的樣子。

只是回到房門前，把燈打開，將所有不重要且充滿髒污的衣物全都裝袋丟入，任機器清洗，然後也把一身不安沖淨，讓昨天的自己徹底洗去。即使睡醒以後還是得面對枯燥乏味的現實，依然相信這些只是暫時寄放。

若沒有根據這些短暫換取匱乏的勇氣，人們就無法走得更理直氣壯了吧。因為真心相信這些發生都有期限，縱使難受也只能邁開腳步，那些曾經祈禱出口存在的地方，任何日復一日的型態，都是為了讓我們知道，現在擁有的狀態絕對不會成為一輩子。

我認為那是時間給予的溫柔，而我真心也認為，必須把暫時當作一種耐心，人們才能夠對得起自己。

活 著 的 意 義

活著便能感悟身體帶來的疲乏，所有選擇都不是為了抽離，如果真能有一種方式遠離情緒化，那麼每個人可以選擇孤獨，也可以選擇靠近。我喜歡面對黏稠的哀傷，也喜歡正視它，比起追求物質表面癒合，寧願憑藉對話。我們不一定可以將悲傷消除，但一定要好好跟它對話，就好像我們都曉得，身而為人本來就是很辛苦的事情，但最辛苦的不是活著，而是製造出一份意義，讓自己有呼吸的理由，繼續下去。

如果一個人在行走的時候喪失意義，悲傷或許隨之而來，多數憐憫是來自我們對於自己的不理解。或者說，我們最想要的東西已經沒辦法輕易獲得，倘若製造不了意義好好活下去，同時也無法為誰找到，那麼我們就像一具慢慢失溫的身軀。

所以，比較也好，不比較也好，最重要的是「必須找到」。
我們能夠費盡一生時間尋找，但不能放棄去找。

價　值

如果一個人不擅溫柔，那麼給予的好通常也看似微弱，於是，看到好吃的甜點外帶一份，默默把牙刷配成對，毛巾拖鞋都有兩人份，以彼此喜愛的顏色作為區分，不知不覺染上對方的穿衣習慣，自己也變成了同種人，打開衣櫃全是同色系的衣物，若這些細膩都還無法證明所謂溫柔，至少擁有別人無法替代的——「另一半的瞭解」。

這些痕跡，當要專心戒除的時候，卻成了下次愛人之前最笨拙的事。開始學習不逼迫自己忘記，只好閉上雙眼好好感受，即使片段有著許多勉強不來的承諾，但脆弱總會化作形體，變成永遠無法為外人道的秘密。

生命還是會經歷日沒西沉，一個決定變成陌生的人，不會因為在乎而選擇委屈，除非忘了對自己好，那些猶如雲朵飄去的掛念，或是埋伏日子的苦難，儘管當初被指責如何，被評價得一文不值也沒有關係，紛擾過程，我們總會找到一個需要自己的人，而自己也終究同等需要對方的溫柔。

如果有一天出現了，對方一定會曉得：你其實能給的也只有
這麼多了。

所以在那之前，不要忘記：你一直都是好的，是好的。
懂你的人，也真的知道你能給的就這麼多了。

無　名

喜歡，但不能喜歡。
但我很確定，時間會幫每個人找到最好的答案。

現狀對你來說，是否也很想卸下身份，做個沒有名字的人，不用扮演與過去有關的形狀，舉凡所有交集的人，記憶裡頭出現過的，就讓一切回歸原位。你或許能從遙遠的位置看見自己，便明白所有情緒其實可以保持適當距離，幾乎不用處在那個位置等待結果發生，只要你願意。

終於開始坦率走在前方的路，漫長但無須回望，那是一條關於時間的路，就算沿路橫衝直撞，弄得自己渾身是傷，也感激自己學會不再魯莽。生命裡的盼望，是能放著等待，等著等著，總會有個人來負責幫你命名，命運是好是壞，全倚靠自己。

好　嗎

你好嗎，我好不好。
你如果變好了，我不確定那時候的我好不好；
你現在很好嗎，但我不太好；如果你現在不好，但我似乎好轉了。

你把我付出的羈絆收納成一只盒裝，滿滿的，有很多我的氣味，
那代表你的絕望跟這些氣味成了正比，只是不能夠傾訴另一個人，
包括你不好的那<u>些</u>。我們是看過彼此缺點的人，是知道了身體
撫摸、情緒張狂，還有輾轉不成眠的溫柔。

我是錯了，錯在搞不懂我的寂寞、需要與被需要；
你似乎也錯了，錯在弄不清楚自己除了愛之外還能夠索求什麼。

Edgar Degas 說過：「There is love , and there is work ; and
we have only one heart.」

疼痛長短，終究不等於療傷應該衡量的時間，也不等於愛的深淺，我們只能專心在一件事情上，那就是專心經歷它、然後再放下它，直到看不見憂鬱的海平線，希望我好起來的時候，你也已經變得不太好，我由衷希望你能走一次我走過的路。

這樣你就會明白當時的我，從來就沒有好過。

練習

我們都需要練習，練習吃飯、練習說話，練習說喜歡的事情與不喜歡的事情，練習睡眠、練習掉淚，練習拒絕無法討人歡心的邀約，練習看起來擅長、但其實從來都不曾擅長的專心。我們都以為一個人保持完美是與生俱來，但其實忘了在看不見的地方，我們還是擁有這輩子都無法變得擅長的事情，比方愛。

但是愛本來就需要練習的。

就好像可以練習自己吃早餐，也可以與最愛的人分享一輩子的早餐，三個月、一年、十年。好久以後，你終於知道，吃早餐一直是「沒有另一個人也可以辦到的事情。」

泡 沫

有一天，我們會告別「現在」對於舊人的想像。

我們曾經那麼靠近這個人的喜怒哀樂，卻明白忘記是遲早的事，
記憶中的他會在分開之後，以年為單位，漸漸變成我們不熟悉的
人。他會辭掉工作、搬遷到另一個遙遠城市生活、會愛上另一
個人，最後與你不認識的那個人，共築幸福快樂。

所有分手前停留在記憶末梢的親密，狀態卻不再更新。

相愛慣性，是為了獲得對方的完整性嗎？我不確定，我們無法
在扶持的成全之間，成為愛人的幾分之幾，關心只能適度，卻
無法倒帶回去，若有一方試圖變成全部，給予久了就會變成
過度營養，你想要的他不想要，你不想要的他想要，愛產生變質，
就像很靠近很靠近的泡泡，融為一體，另一個人輕輕一戳就破了。

必須要和不愛的一切說再見了吧？要將養成習慣的東西從身體摘除了吧？人群裡頭的擴散，看似已經好了，但有沒有好好復原，除了自己再也不會有別人知道，妳選擇保持緘默，不開口是最好的，也不想聽到他的任何消息。妳很勇敢。

「別讓我知道你過得好不好，因為我不適合知道。」

光 合 作 用

共同度過的代價，就像變質似的，替換成一張不認識的臉孔。

她換了一個對象付出，剩下的人是被覆蓋的那個。於是吃飯睡覺洗澡，日復一日，回歸孤獨的形跡，彷彿成為了眼角餘光失去的某種脆弱，無時無刻都在提防眼淚落下的衝動，聽起來是不是有些窩囊。

變質的愛人，究竟是愛上了另一個人，而那個人，擁有了自己缺少的部分，如果承諾是用來懲罰，那麼最初應該保持理性，不輕易落入盲目的陷阱。你知道答案得從習慣裡翻找，又或者被誰的記憶覆蓋。但那些無聲無息的改變，是必須接受這個人已經變得無關的事實，導致關係變質的東西，並不是誰的出現，而是我們早該知道這個人從一開始就無法陪自己走太久的路。

循環之間，我們忠於自己的心，無論背棄、佔有，都不是誰的責任，相愛本來有著看不見的氧化，時間讓我們的心變質了，我們可以防範，卻不能強求對方永遠不變，包括自己。

有時候，甚至希望維度從來就不存在。

寧　靜

喜歡一個人，心裡預設好多理想，讓那些事物變成選擇前提，儘可能尋找到符合設定的人，到後來卻沒有人可以承諾，那些設定能不能把永恆留下來，比起找一個喜歡的人，不如說找一個願意為彼此變得更好的人。

如果說，一加一不能變得更好，那麼一個人生活就好了，選擇不是為了變成共同體，而是相信彼此能為生命帶來完整。相愛不需要成就多麼偉大不凡的事，縱然渺小也盼望一生寧靜待在彼此身旁，做自己喜歡的事、說誠實的話。

相愛不需要過多承諾，卻要很多適時修正，沒有不需要努力就可以一起生活的方法，因為愛一直都是需要努力的事情，我們可以不必很有天賦，但是我們一定要明白，能為彼此變得更好的選擇，其實也是一種努力。

輯四

仰望

抹 滅

你問我：是不是要把影子完整抹去，才可以得到最好復原？

明明都刪除了，心卻沒有為此得到淨空，眼前所見一切不算繁複，關係跟現實共同回收，思緒裡的我們，沒有因停止轉動而劃下休止符，隙縫間我們不斷被回憶追討，有時想起片段、有時懷念對白，想像對方身在何種困境，無時無刻惦記。

那晚要求結束一切的時候，其實沒有想像果斷，反覆解除封鎖，唯一留下的是能被對方找到的方法，有些聯繫始終存在，只是沒有人願意打破陌生，想著擱置或許沒有不好，也恐怕都是最好，所有放置視窗的對話，不會隨時光代謝，想念的時候，只要提起勇氣打開視窗，就能獲得一些安慰。

我終究不確定眷戀是否好壞，只是複習當下，總能期盼心境不再起伏，也許有一天，我們都能原諒傷害帶來的事過境遷，這些原諒，並非期盼他日再倒帶過去，而是未來重逢的時候，若能看見彼此變得比從前更好，還有什麼不值得祝福的呢？

就算此後一生不能相見，我們也慶幸盡力撫平這些瘡痍。

你該知道，刪除不是為了讓生活深陷悲傷，
而是為求往前走出一步，是保全自己，也學會了祝福。

等　待

他笑了，我也會笑了，他快樂了，我也快樂。

他說了很多關於他們之間的生活，我卻沒有任何嫉妒受傷，我的目的從不是佔有，只是期盼他在訴說這些幸福的同時，這份笑容永遠不會消失，如果因為傾聽他，能讓他知道自己並不孤單，那麼我的立場還有什麼好奢望呢。

至少我很慶幸，現在的他很幸福。

想 念

前往終點路上，搭著區間車，感覺一切平靜安穩，望著窗外湛藍的天，這一搭是耗上幾個小時，腦海沒有任何困惑，只是在想念一個人，想著想著，想把她放進自己的心裡，那天理解了自己對她的在乎，是來自我所缺乏，奢望能在這個人身上找到一點努力的方向，同時我也明白了，確實無法擁有這個人。

因為她擁有太多，我擁有太少，理解她究竟多麼完好，我就有多少不足的事實，沒辦法說出「我很在乎」這幾個字，確確實實是把她收在心裡了。

可以不必跟她靠得很近，哪怕只能活在想像，如果這個人的存在是生命的一盞燈，那麼我希望這盞燈永遠不要熄滅，直到有天足夠有勇氣待在她的身旁之前，我希望這份喜歡能保有單純，也許她會與愛人直至白頭偕老，那也沒關係。

我不要擁有她，因為我知道現在的我不可以，對於她的訊息，
我從不抱有期待，也許有些關係是無法比喻，只能守著心意，
想著只要她把自己過好，就心滿意足了。

想念是不需要完全擁有，在乎的成分卻從來沒有減少過。

無　懼

上傳的只有局部，髮梢、手掌心，兩杯不同口味的飲料，背影與
腳步、還有喜歡與不喜歡的東西，對坐的人刷著手機卻沒有臉孔的
構圖，想對世界說，這個人是現在最喜歡的人。有時必須低調，
不是非得開誠布公，而是不被接受認同，沿路與異樣的目光抗衡，
在這世代早該被接納的幸福，嘆息著，還是得接受指指點點的好壞，
面對需要藏起的各方為難，想要愛得快樂卻充滿矛盾，但你知道
自己其實沒有犯錯。

既然沒有犯錯，就無需避開那些不被允諾的流言蜚語，你曉得這場
戰爭雖然看似來日方長，但始終會戰勝，所以在那之前，不要覺得
自己的選擇是錯誤，說著沒有未來的未來，其實是自己給自己的
限制，你一直擁有比任何人踏實的情感。

可以給出的是全部，是溫柔最好的附屬，迎接結果之前，請把
自己的信念照顧好。

五 百 棵 檸 檬 樹

那天在國美館的展間讀到了一本書，靈魂被什麼牽引似的，《五百棵
檸檬樹》放置在傾斜的木桌之上，翻閱同時，卻深深被這句話給
觸動——「我知道她們兩個都相信，死亡並不是去世，而是回世，
回到一個更適合自己的位置。」

不時提醒著，人活至最後都會回歸棲身之處。

三月份，開始學習為自己設立課題，無論如何忙碌，都不將自己讀到
一半的書停滯不動，逼迫自己確實讀完它們，我一直都很喜歡
「Time Zone」的意義，相較前年紊亂的思緒，好像更懂得走在自己的
時區，彷彿不再追求需要，而是要怎麼做才是具有價值的選擇，
人生從來沒有預習方法，只能堅持自己要走的路。

追趕也好、徬徨也好，倒是認清了這就是生命的瑕疵，尋找方向
難免迷失，有時想走的是這條路，卻又被什麼吸引，我想掙扎是
應該，也曉得有些目標確實要用盡力氣走完，我們通常只能保持
步調，不慌不忙抵達確切位置，於是不執著不追趕，是因為我們
都有一條該抵達的未來。

面 對 黑 暗

視線裡逐漸淡化的臉孔，能夠記住的太少，可以被經過的很多，咀嚼記憶的無常似乎變成了理所當然的事情，美好的生活是這樣的嗎？我們反覆問著傷疤，有時候很想傾聽它們的真心話，可是卻不免感到膽怯。

我們能為自己做的決定，別人也一定可以做出同等決定，關係總是雙向的來，單向的去，我不能為逝去的選擇感覺可惜，因為我知道，只要人們有心，很多關係或許都能重聚，我們會在迎面而來的時候錯過，也或許永遠都不會說話了，如果可以，盼望繞著繞著又能走在一起了。

希望自己的存在可以成為別人的光，但只能照亮一段，那些路途走完以後，又要再次回到漆黑面對自己，相信我們活著是為了照亮不一樣的人，並且陪他們走上一段短暫的路，總有一天，你會遇上最特別的那個人，彼時之所以選擇留在彼此生命，是因為走在一起，視線裡再也不是一片模糊漆黑了。

「你成為了他的光，也讓他成為了你的光。」

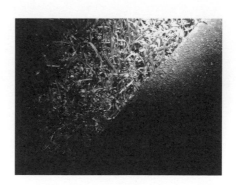

潮　濕　的　雨

雨開始下了，記憶淡到潮濕邊緣，終於明白主動與被動的差別，凝視一個人的背影久了，就忘記輕聲的步伐怎麼走了。若要把對一個人的投入，換算其中深淺，或許永遠找不到最合適的方式，喜歡沒有所謂剛好，無法佔有也不能擁有。

摯愛裡頭，那所有離散的雨水總該落完，無論記憶有沒有乾涸，攀附幸福的方式有可能是保持距離，只要有些話不說出口，任何關心都能以友誼的名義維持。你說，或許可以等待很久，等著永遠都愛上別人的那個人，卻遲遲不肯回頭。

常常想著，幸福是不是只能用來守護單純的人，就好像某日，當關係變得不再純粹的時候，最初為你把雨水拭乾的人，就這樣陌生了，當時如何深長的告白，都在話中藏著深刻含義，無論他如何守護你的曾經，溫柔美好，卻還是會成為一雙放開摯愛的手，我們終究會瞭解生命裡的某些滲透，是只能憑藉自己的力氣好好擰乾。

八 月 一 日

很想打一個不說話的電話，只要你在電話那端，我可以枕著電話筒就好。——《蒙馬特遺書》

記憶揮別的最後，站在月台深刻擁抱，那張再也不會更新的大頭照，時間從五年前開始靜止，關於我所記得的，以及被記住的那個我。隨著告別青春的時光拉長，逐漸變得成熟的我們，才明白那時究竟多麼稚嫩，單純接納所有苦痛發生，卻從不說惡意的話傷害對方，那是懵懂至今對人們養成的溫柔。

「你在東京還好嗎？有沒有跟你愛的人一起過得很好？」

終於瞭解比較是不需刻意的，自然而生，胸口引起躁動的惴惴不安，有一半是來自上一個人的成份，把誰當做替代品最後都會成為輸家，然後清楚再也沒有人可以取代對方的時候，明白了有些人只能成為唯一，然後永永遠遠都是那樣唯一。

每一年的八月一日，我都想對你說聲：生日快樂。

已經五年了，還會繼續的對吧，心裡祈禱你在海的另一端始終都好好的，
終有一天你也會跟誰共築家庭，成為了無與倫比幸福的人。

至少想起你的時候，心裡就會有股暖流，不再傷心了。

紀 念 品

想看海的日子變多了。

記憶有時幫忙劃分時區，明白遺忘是需要被區分開來的事情，回憶可以篩選相對位置，投擲置入，堆疊圖上，只有在適宜溫度才能取出複習。應該用什麼樣的理由拾起連結，已經沒有關係，對我來說，那些必須守護的誓言已經變成了紀念品，日子照樣在過，時間分秒仍滴滴答答，不曾間斷地往前走。

所有從對方手裡獲得的交換，不論如何微小，即使因氣憤而丟棄的選擇，到最後還是保留起來，也許有一天、也許是很久以後，看著這些物品再也感受不到任何悲傷的氛圍，或許是重拾快樂的最好證明。

使用著從另一個人身上換來的紀念品，不是捨不得，而是能以淡然的心望著「這個人已經過去了」的證明。慢慢的，再也不用特別記得，總有一天我們會忘了這件物品對當時的我們來說有多麼重要。曾經在離散的時候，嚎啕大哭緊握著這些不能放掉的情緒，可是突然間，我們連緊握的理由都想不起來就莫名遺忘了。

看海的時候無關潮起潮落，礁石再怎麼擊得起浪花溫柔，也有必須消散的那天。

幸好

離開以後，才知道需要珍惜的只有眼前所見，做自己想做的事情，適當傳達心底想說的話，工作睡眠、寫作，依憑喜好安排，抽出生活的部分與朋友好好相處，讓自己免於孤獨，下班的時候，珍惜與家人相處時光，回歸單純，終於不再仰賴複雜，也不必擔心因為愛或者不被愛，而心生恐懼。

可以完全回歸自己，我認為很幸福，這讓人體悟了不一定被愛才是最美好，不是愛情的愛，也有很多解讀，雖然孤獨沒能癒合，但不特別看向那個地方，就永遠不覺得自己不足。我已經擁有了很多很多，充斥著有時我必須明白，其實已經很幸福了。

如果只是在失去中迂迴，那麼我永遠都不會弄懂自己擁有什麼。
所幸人生短暫，能夠看穿的也不一定是片刻，至少現在終於懂得。

恆 溫

盼望時日，成為一個能駕馭自己的人，而不是為了另一個人失去自己。學著當一個不必獲得理解也能勇敢走下去的人，不要張揚、不要為了擁有而拋棄，雖然人生泰半是想要獲得，就得接受多餘犧牲，也或許都失去以後就不用惦念，可以好好掌控自己的人生時程，不用再貪婪挖空，只為了讓另一個人負責填滿自己。

是什麼時候開始，走得太快或者太慢，不慌不忙讓對方知道一直在這裡，伸出手的時候可以拉著，痛苦的時候可以攀附休息，所有需要以對方時限作為單位衡量，相伴是很透明化卻又無需紛擾的決定，是知道我會一直在這裡，卻從不刻意。

前進的時候一起，想放棄的時候撫著彼此的背。
有一些永恆，是日子慢慢走著走著，就看不見盡頭了。

謝　謝

我想說好多好多的謝謝，謝謝所有喜悲貫穿成現在的我們，當時說過的話，肯定傷害彼此許多吧，後來我們終於學會極其避免，我想那才是誠實，發自內心祈禱各自紛飛的我們，可以從此變得快樂，才不會枉費我們相伴走了那麼長的一段路。

所以，請別抹滅自己也抹滅曾經的一切，盼望給過的溫柔，從來都不是為了讓我們成為傷害別人的人，共度的日常裡頭，沒辦法給予承諾的我們，一定也留下他人無可取代的回憶。所以，請不要變了，是的，請不要變成一個連自己都不喜歡自己的人。

我知道活著沒有不感傷的分離，也沒有真正遺忘，還是要繼續往前走，若此後無法成為你的光，也希望你能好好的成為另一個人的光。

一 體 兩 面

愛的面前，我們都是初到乍來。

我們熟悉喝水的行徑，能選擇冷熱溫度，日常所有的事，直率分辨喜歡與不喜歡，自然流露的情緒，隱喻了我們可以無所畏懼透過傳達來表態自己，我一直覺得喜歡是需要練習的，心的狀態是一張同心圓，最外層的人是陌生，越往中心去的鍛鍊，必須經由時間揀選、無數信任交織而成，成為了最靠近自己的人。

四年了，用好多青春換取的快樂，所謂包袱、陌生、靦腆，相識之初都像寶物一樣留在心的側邊閃閃發光，如果見面那刻得以用沸騰比喻，那麼接下來的幸福該用什麼形容才好，此時再也記不得過程了，我會說喜歡上一個人，依然是非常美好的選擇。

即使心裡還存有一張揮之不去的臉，是前任，是大魔王，是混蛋，是不專情……可是我知道，選擇總是一體兩面的：一個人幸福，另一個人就會註定不幸。

但有沒有可能，說再見的兩個人都一起變得幸福呢，我想有的吧，只要心智足以成熟讓一切好好道別，知道結束的選擇來自心甘情願，真正獲得幸福的方式絕非勉強湊在一起，你明白對方無法因你而變得幸福，所以我們能為愛人做的最後一件事，就是好好地放手。所謂放手，不代表是真正無關，而是用另一種緊握的方式讓他重生。

喃 喃 自 語

凌晨三點鐘,用來想念與釋放。

妳的離開,是再也不必為我燒溫開水,不必擔心是否徹夜難眠,
不用安撫情緒,我知道妳會主動清空所有關於我的事情,搬進另
一個人的生活,好好跟她在一起。沒有關係,這一切都不是最糟糕的
決定,最壞的也不是失去自己。

妳說很久以前就想離開了,可是沒有這麼做。
所以我該說,妳是本性善良的嗎?還是比較自私而已。

曾經問過自己,人真的能這麼快忘記一個人嗎?我想,看似輕易卻
很困難吧。

我知道妳會好好的跟她一起對吧?跟她好好一起生活下去。雖然
無法擬作永遠,也有必然面對結束的恐懼,比起假裝不知道自己
要離開,或是假裝喜歡的留下來,我認為可以好好說出再見的妳,
其實已經非常努力了。

謝謝妳放棄了幾乎快變得窒息的我們,好好遠離每個瞬間,讓我們
都可以獲得超脫、獲得重生。

雖然我從來都沒有告訴妳,其實我才是真正的膽小鬼。

北 極 星

好想為你找一個不會哭泣的方法。

那個時候，是怎麼活過來的呢，一個人走在癒合公路上，身旁經過很多的人事物，他們會對著你的悲傷，傾注許多安慰的話，也可能他們說的話，關心你的溫柔，永遠都無法體諒你感受到的失去。

而我能做的，除了等待以外，沒有更多共鳴。

愛的意義最初是空白，誰來了誰走了，就會在上方旅行過的場合寫下註記，知道對方陪自己走過這麼一段，數盡日子，必須收拾行囊走往下個城市的陌生，我們在愛的洪流之間不斷流浪，卻沒發現自己的心從來就沒有方向。

於是我想起了你，從來不在迷失的時候流露一絲脆弱，你想用很多事實來證明自己很堅強，可是堅強，真的可以被證明嗎？人們說，愛一個人有多久時間，就要用多少時間來遺忘。但我想那些情感與寫下的註記都是相同，將永遠迴盪在我們生命裡。

我願意在等待的日子之間，從遠方陪你共度那些苦，如同抬頭不滅的那顆星星，閃閃發光，對你的祝福，存在於你仰望瞬間，我可以不用完全地成為你的依附，但你會知道，如果真的需要，總會有一個人在你脆弱的時候，把最在乎的心留給你依靠。

我們小心翼翼地維護，是為了在癒合瞬間，也可以為自己發光了。

不　變

我們走過了好多時間，終於來到彼此身邊。

累積多少失眠的夜，交換許多無法留住永恆的誓言，時而隱喻、時而真心，徘徊看不見刻度的光陰，所有不能回應的東西，慢慢從不捨變為在乎。如果說，真能夠回到過去，那麼可以改變的選擇肯定也不存在吧，當初喜歡彼此耀眼的地方，是因為缺少的東西是一樣的，只是磨損太多耐心，追求的東西，終於也變成各自填補。

如果有一天，傷口看起來再也不是傷口的形狀，取而代之的是原諒，是能好好揮別過往，把憂傷打包起來繼續旅行，生命裡每一次道別，或許都無法找出真正的原因，我相信沒有原因的道別，其實也是存在的，如果當時的我們已經盡力做出選擇，那我想這樣的東西就是不變吧。選擇把過去遺忘的人，是無法好好長大的，也可能有些人永遠都不追求改變，但能帶著諒解看向未來，才有不被現實擊倒的可能。

必須相信現在遇見的、以及在未來等待的，那些專注都不會輕易被誰改變。

你 安 安 靜 靜 地 躲 起 來

最後連空氣都抓不住妳，失速瞬間，可以想像人們的極致悲慟與悔恨，所有遺留下來的愛人，面對沒有妳的世界，又該如何收拾決提，如果我們能好好重新選擇一遍，會不會願意犧牲自己，只為求昨日還能倒帶。

那些因妳獲得重生的人們，期盼事實終能變成玩笑，有時幾乎羨慕天上自由飛翔的鳥兒，僅僅恣意卻無須畏縮，但生存並不一樣，明知道能避免成為毀壞別人的那根稻草，卻還是寧願沉溺，憂鬱是齣越陷越深的悲劇，無一倖免。

妳說相信不完美的世界也是有的，我們都該包容，就像妳信仰的那樣，可是妳知道嗎，那些失去妳的人，永遠都不會適應失去妳的這份悲傷，他們只能憑著活下去的堅強，代替妳好好留在這個世界，每分每秒，依附想念。

還好，妳終於遠離痛苦了，都會好好的。

烏 鴉 與 長 頸 鹿 的 對 話（一）

烏鴉：這裡沒有我了，會有什麼差別嗎？
長頸鹿：好像也沒有什麼不一樣，只是需要時間習慣而已。

烏鴉：我怕自己原來是那麼不被需要。
長頸鹿：每個人都是不被需要的啊，捨不得的話，到最後就真的
沒有人需要你了。

烏鴉：那你可不可以需要我？
長頸鹿：我不能需要你，因為每個人終究都只剩下自己。

烏 鴉 與 長 頸 鹿 的 對 話（二）

烏鴉：我喜歡你，我們能不能在一起？
長頸鹿：當然不行。

烏鴉：為什麼，我明明那麼喜歡你。
長頸鹿：但就是不行。

烏鴉：那難道你不喜歡我嗎？
長頸鹿：喜歡啊。

烏鴉：那為什麼我們不能在一起？
長頸鹿：因為我們不一樣。而你，只是活在喜歡我的時間裡頭。

烏 鴉 與 長 頸 鹿 的 對 話（三）

烏鴉：雖然喜歡待在你的身邊，可是好像不能永遠。
長頸鹿：那也沒辦法。

烏鴉：努力的話，或許就可以變成永遠？
長頸鹿：可惜永遠是不能努力的。

烏鴉：那……要怎麼找到永遠？
長頸鹿：或許，你得先把日子過好才行。

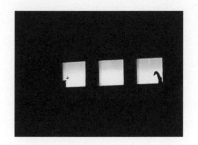

烏　鴉　與　長　頸　鹿　：　餞　別

那晚烏鴉撐著沉重的眼皮，對長頸鹿說了好多好多的話，說要跟牠一起長大，一起度過很多個生日，不離不棄活在彼此生活，可是長頸鹿都沒有作出回應，不知道是不是累得睡著了，又或者其實都聽見了，但卻不想擁有那些承諾。

烏鴉沒有氣餒，繼續說、繼續說……時光不知道流逝多久，長頸鹿一動也不動的，待在原處毫無任何反應，烏鴉明白，長頸鹿再也不是長頸鹿了，牠的靈魂變成了星星。

或許知道眼前的牠已經不存在了，卻還是每天說著同樣的話，無論是對著空氣、對著星星，對著影子，反覆說話成為了牠唯一能做的事情。

烏鴉知道自己在這裡，而長頸鹿也在這裡，並沒有失去什麼，只是形式不同了，用各自選擇的方式好好活著，只是一輩子再也不會說話了。

於是，凝視很好、佇立很好，所有不曾遺忘的疏離，是什麼都還存在。

學　會

未來的自己，會擁有一個家，住著一隻貓，一個很愛的人。

要有雪白的落地窗，讓陽光直接灑落，所有無法拼湊思緒的喜怒哀樂，終於有棲息之處，為了不讓信任從指縫流失，努力找到自己的模樣，理解了愛一個人是不再討好。

兩人聽著彼此說好多的話，卻不是不再說話，可以牽手漫步晚風，共同吃飽睡好，計畫一場難以忘懷的旅行，依賴的同時，也尋覓獨處的可能性，證明了自己存在、對方存在，並不是無法獨立的愛著。

黏膩是好的，佔有是好的，困難的是，如何在這份擁有裡頭，找到最合適的交換。你知道或許還會找到，也或許不會再找到了。

每一次去經歷悲傷，不過是為了讓你學會，有的時候，你會發現時間再也不是最重要的，最重要的是，你知道未來的那個自己，還能再相信什麼。

如果還能相信，就還有機會再遇見未來的自己。

星 星

發光的眼眸之所以無可取代，並不是因為已經擁有，
而是還能懷抱想像、經歷成千上萬個日子淬鍊，最後磨成閃耀的
星星。

人們總是無止盡追求，向慾望名聲看齊。但都不能否認那些視如
人生的喜好，是該咬緊牙關繼續前進，不管奮力投擲過程為何，
都只是過程而已。最後我們會明白，若能保有意志抵達最後，
表示我們雖然經歷蛻變，卻也未曾改變。

那些帶給人們的省思，彷彿同理過去，對於賦予這個時代的情感，
也回應有所需要的人心，如果懷抱意志往前走，那麼犧牲當下也
明白如何安撫自己的心，至少在實現清單裡頭保有堅定，那麼
才能在批判耳語之間，找到一絲絲的光芒。

我們都有好多想完成的心願，輕易能用藉口搪塞，我們編織了
無數個謊言，只為假裝夢想從來都不存在。可是對於抵達，卻只有
短暫的一輩子，所以請好好對自己說「不要放棄」吧，相較永遠
都找不到發亮的契機，不如說寧願相信自己就是一顆星星。

只要你的心還懂得如何發亮，就不要讓它有熄滅的可能。

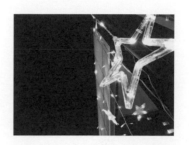

告　別

寫了很多關於妳的字,寫下句號的時候,終於也離出口越來越近,相愛的時候不懂得培養耐心,離開以後,終能坦率面對這份躁鬱。好長一段時間,不敢把張懸的歌拿出來聽,分不清楚是因為妳喜歡,還是我本來就喜歡,又或者每次複習她的歌聲,就會想起妳其實也很喜歡的事實。

知道還沒做好準備要向妳告別,卻是一件必須完成的事,就像一場儀式。活著的時候真的愛過一些人,而妳是其中我很愛的那個,妳說我從來就不愛妳,或者愛這種字彙根本沒辦法兌現,我們是錯過以後再錯過,無能為力回收,我是真的非常努力過,在妳不願諒解的時候,或者,在妳專注自己最痛苦的時候。

不曉得繞了一圈還會不會回到誰的身邊,有可能我們都變成了另一種大人,但我知道所有重蹈覆徹的課題,若沒能仔細領悟,是無法做出改變,包括我、包括妳。

瞭解自己仍是個念舊的人，因為念舊，所以也必須抹除乾淨才能翻越前行，我害怕自己留在回憶的夾縫裡走不出去，所以不能遵守當初說好的約定。

我不能夠再繼續陪妳了，妳一定要好好照顧自己。

後 記

十歲的我，懷抱著「寫出一本書」的夢想，帶著這份心願走了好長遠的路，如今終於實現約定了。

最初創立「文字溫室」的時候，其實沒有預設會受到到人們的關注，只是單純紀錄生活感受，其中有自己的故事，也有別人的秘密，後來幸運地擁有了發行契機，才瞭解作家這個詞對我來說好遙不可及，我不是一個作家，永遠也不會是，我會成為我自己，不會成為別人。

我始終盼望能透過文字，賦予時代的人們更多同理，相信文字是擁有力量的，只要透過閱讀，我們的靈魂便能獲得安撫，曾經是跌入悲傷彷彿不能行走，若不是讀了邱妙津的字，或許就不會有現在的我。

書寫《溺日》的過程，大致用了兩年時間，斷斷續續，其中遭逢非常苛刻的焦慮，我從不相信每種傷口都會痊癒，但人們不會永遠留在同個地方，無論日子怎麼擱淺，總有透出一絲微光的時候，比起依附別人，自己才是那道光。

我知道成長路上尚未抵達盡頭，但我永遠都不會忘記張西曾經對我說過：「至少這是現在的我們，所寫出來的最盡力了。」我不需要成為一個偉大的人，但至少要喜歡自己所做的事情，憑著謙卑的心

繼續走在創作路上，藉由自己最愛的事物，與很多素昧平生的人們相遇，這是我一生的幸運。

真心感謝所有陪伴我面對悲傷的家人與朋友，感謝我的出版社團隊與編輯給予無限的包容，以及在廣闊的宇宙間，發現我的文字的——親愛的魏如萱。

最後，我想將本書獻給深陷傷痛、載浮載沉的你。

那些令人無法呼吸的日子，都是為了變得幸福之前，需要遭遇的養分，你不需要強迫自己變好，但是需要好好理解，理解所有離散並不存在一個正解，結束不是為了否定過去的自己，而是擁抱，然後繼續走向下一段故事的開始。

你必須知道自己要成為什麼樣的人，才知道沉溺，同時也是為了重生。

溺日

作　　者／黃　繭
主　　編／林巧涵
美術設計／森田達子
執行企劃／許文薰

第五編輯部總監／梁芳春
董事長／趙政岷
出版者／時報文化出版企業股份有限公司
108019 台北市和平西路三段240號7樓
發行專線／（02）2306-6842
讀者服務專線／0800-231-705、（02）2304-7103
讀者服務傳真／（02）2304-6858
郵撥／1934-4724 時報文化出版公司
信箱／10899臺北華江橋郵局第99信箱
時報悅讀網／www.readingtimes.com.tw
電子郵件信箱／books@readingtimes.com.tw
法律顧問／理律法律事務所 陳長文律師、李念祖律師
印　刷／和楹印刷股份有限公司
初版一刷／2018 年 9 月 21 日
初版三刷／2021 年 9 月 6 日
定　價／新台幣 350 元

時報文化出版公司成立於一九七五年，並於一九九九年股票上櫃公開發行，於二〇〇
八年脫離中時集團非屬旺中，以「尊重智慧與創意的文化事業」為信念。

溺日／黃繭作. -- 初版. -- 臺北市時報文化, 2018.09
ISBN 978-957-13-7538-0(平裝)　855　107014884